ヘンリー・ヴォーンと
賢者の石

松本　舞 著
Mai Matsumoto

金星堂

目次

序章

ヘンリー・ヴォーン(Henry Vaughan, 1621–1695)の『火花散る火打ち石』(*Silex Scintillans*, 1650)の冒頭には、図1のエンブレムとともに「献辞」('The Dedication')が付されている。

図1

My God! thou that didst dye for me,
These thy deaths fruits I offer thee;
Death that to me was life, and light,
But dark, and deep pangs to thy sight.
Some drops of thy all-quickning blood
Fell on my heart; those made it bud
And put forth thus, though Lord, before
The ground was curst, and void of store.

(Henry Vaughan, 'The Dedication', ll.1–8)[1]

我が神よ！　私のために死んで下さったあなたよ、
これらのあなたの死の実りをわたしはあなたに捧げます、
私にとっては命であり光であった死ですが、
あなたの眼には暗く、深い苦悶でした。
すべてに命を与えるあなたの血の滴のいくらかが
私の心に落ちました。それらが芽吹かせたのです、
そしてこのように生長させました、主よ、以前は
大地は呪われ、豊かさは失われてしまっていたのです。

ヴォーンは、「自らにとって［キリストの］死は生であり光であった」一方で、神もしくはキリストの視界においては「暗く、深い激痛」であったことを理解している。更に、自身の石のような心の上に、「すべてに命を与える血」が落ちたことを述べている。ここでの 'quicken' という動詞は、一義的には「命を与える」もしくは「孵化する」の意であるが、ヘルメス思想の用語であることが指摘されている。(2)『火花散る火打ち石』という題名、また、冒頭のエンブレムは何を意味するのだろうか。このエンブレムは、「献辞」から判断すると神の手が握る雷に打たれ、血と涙を流す、罪深き詩人の心を表すと考えられる。従って、このエンブレムは、神に拠って命が与えられる瞬間、更にマクロコスモスのレベルで解釈を拡大すれば、神による天地創造を意味するだろう。

既にこれまでの研究は、このエンブレムに錬金術的な意味を見出している。例えば、'*silex*' とはラテン語で「火打ち石」を意味するが同時に、「賢者の石」のことでもある。(3)ヴォーンの詩群を神秘主義思想の視点から論じた研究は多く存在する。まず、ヴォーンの詩群を神秘主義思想もしくはその具体的な一領域である錬金術の視点から論じた論文として、エリザベス・ホームズ (Elizabeth Holmes)、ロス・ガーナー

(Ross Garner)、E・C・ペティット(E. C. Pettet)、トマス・カルホーン(Thomas O. Calhoun)、スタントン・J・リンデン(Stanton J. Linden)及びアラン・ラドラム(Alan Rudrum)の論考を発表年代順に確認することにしたい。

一九三二年に発表された、ホームズの『ヘンリー・ヴォーンとヘルメス哲学』(*Henry Vaughan and the Hermetic Philosophy*)は、火打ち石のエンブレムに関して、詩人の双子の弟であり、錬金術師であった、トマス・ヴォーン(Thomas Vaughan, 1621–1666)の『アントロポソフィア・テオマギカ(神魔術的人智学)』(*Anthroposophia Theomagica*, 1650)に記載されている、以下の詩を引用している。

Lord God! this was a stone,
As hard as any one
Thy laws in Nature framed.
'Tis now a springing well,
And many drops can tell,
Since it by Art was tamed.[4]

My God, my heart is so,
'Tis all of flint, and no
Extract of tears will yield.
Dissolve it with Thy fire,
That something may aspire,
And grow up in my field.

主なる神よ、これは石でした。
自然の中であなたの法則が形作った、
どんなものにも劣らず固い石でした。
それはいまや湧き出る泉です。
そして、多くの水滴を数えることが出来ます。
それがあなたの技によって和らげられてからというもの。

わが神よ、私のこころはそのようなものです
それはすべて火打ち石でできています、そして
涙の抽出物を全く産み出そうとはしません。
それをあなたの火で溶かしてください。
何かが沸き上がって
わたしの野原［学問の分野］の中で生長しますように。

ホームズは、「石」のイメージが「湧き出ずる泉」のイメージに変化する例として、トマスのこの詩とヘンリーのエンブレムの類似点を指摘した（Holmes, pp. 52-53）。しかしながら、その指摘は、両者の表現のイメージの類似性にとどまっている。

またホームズは、ヴォーンが感じていた、自然界を一つにつなぐ「共感」（'sympathy'）が、やがては「後退」（'The Retreat'）と題された詩の中で、幼年時代に回帰する思想につながった点を指摘している。さらに「エデン」（'Eden'）や「最初の日々」（'first, happy early days'）の主題が神秘主義思想から捉え直されている（Holmes, pp. 4, 19）。ホームズによれば、トマス・ヴォーンは、ドイツの神秘主義者、ヤコブ・ベ

ーメ (Jacob Boehme, 1575–1624) の影響を強く受けており、特に、硫黄、水銀、塩の化学的三位一体のイメージを取り入れている (Holmes, pp. 28–29)。また、ベーメが唱えた、人間の中には魂と肉体を結び付ける「第五元素」(‘the quintessence’) が存在するという理論は、ヘンリー・ヴォーンによって「悔い改め」(‘Repentance’) と題された詩の中で援用されていると主張する (Holmes, pp. 34, 36)。

このようなホームズの論に対し、ガーナーは、著書『ヘンリー・ヴォーン――経験と伝統』(*Henry Vaughan: Experience and the Tradition*, 1959) の中で、ヴォーンの詩的表現をヘルメス思想との関係からのみ考察することの危険性を主張し、ホームズはあまりにも推測に依拠しすぎていると論じている (Garner, p. 82)。リチャード・H・ウォルターズ (Richard H. Walters) がヘンリー・ヴォーンと弟トマス・ヴォーンとの接点を示唆しているが、[5] ガーナーは、そこにはほとんど外在的な証拠がなく、二人の関係が良好な関係ではなかったという見解さえ示している (Garner, pp. 78–79)。

ホームズがヘルメス思想との関係を見出した、「再生」(‘Regeneration’) や「復活と不滅」(‘Resurrection and Immortality’) の中の詩的表現は、必ずしもヘルメス思想に準じたものではないことをガーナーは主張している (Garner, pp. 80–91)。

これらの論考が発表される一方、ペティットが著書『楽園と光について』(*Of Paradise and Light*, 1960) の中で、ヴォーンの詩を分析し、そこに錬金術の用語が使用されていることを実証的に再確認して以降、ヴォーンの表現は神秘主義思想の影響を受けているということが常識的知見となった。ペティットの著書に収録された第四章「ヘルメス哲学」(‘Hermetic Philosophy’, pp. 71–85) の中では、ヘンリー・ヴォーンの「鶏鳴」(‘Cock-Crowing’) と題された詩の中の「光の父よ」(‘Father of lights!’, l. 1) という表現が、トマス・ヴォーンの『アニマ・マギカ・アブスコンディタ（隠された魔術的魂）』(*Anima Magica Abscondita*) の中にも見られることが指摘されている (Pettet, p. 72)。また、ヴォーンが『火花散る火打ち石』の中で用いている、‘balm’, ‘key’, ‘hatch’, ‘influence’, ‘sympathy’ などの単語は、ヘルメス哲学の用語でもあることが述

べられている (Pettet, p. 72)。更に、ペティットの論考は、トマス・ヴォーンの論文の中での天地創造のイメージを、兄、ヘンリー・ヴォーンが「滝」('The Water-fall') と題された詩の中で展開していることや、ヘンリーの「白い日曜日」('White Sunday') の中での表現がヘルメス哲学的錬金術の用語であることを指摘している (Pettet, pp. 73–75, 76–77)。また、それに加えて、ヘンリーの詩的イメージの中には、被造物に対する特有の探究精神が注がれていることも指摘されている (Pettet, pp. 77–82)。これらの論考は、ヘンリー・ヴォーンとヘルメス哲学の関係を明らかにするものではあるが、ペティットの指摘は語の類似性や、ヘンリー・ヴォーンの自然描写の中にみられるヘルメス哲学の影響を述べるにとどまっている。

新たに、ヘルメス医学の論点からヘンリー・ヴォーンの詩的表現を捉え直したのが、カルホーンの『ヘンリー・ヴォーン——火花散る火打ち石の功績』に収録された「自然の神秘」('Natural Magic', pp. 101–130) の章である。カルホーンは、ヴォーンの自然描写がヘルメス哲学の理論を基準にしたものであることを指摘しながらも、特に、詩人の医学的な探究が自然を観察することにつながったことを指摘している (Calhoun, p. 105)。カルホーンは、ヴォーンが、ヘンリー・ノリウス (Henry Nollius) の『ヘルメス哲学の医学書』(*Hermetical Physick*) を英語に翻訳したことに注目している (Calhoun, p. 105)。詩人は、錬金術師のように、自然の神秘を明らかにし、真理を語らしめることが出来たはずであり、それがヴォーンの自然の中の瞑想、更には祈りの出発点になった、とカルホーンは考えている (Calhoun, p. 106)。ヴォーンは、錬金術の中で重要視された、色の変化を自然の中に見出し、「自然の光」('the light of Nature') を探究した (Calhoun, p. 109)。更に、ヴォーンが使う、錬金術用語の選び方は、十六、十七世紀の詩人たちが用いる「共感」('sympathy') などの新プラトン主義的な語とは異なること (Calhoun, pp. 110–111)、そしてその理由は、ヴォーンが錬金術の理論により忠実に準じているからであることをカルホーンは指摘している。換言すれば、マルシリオ・フィチーノ (Marsilio Ficino, 1433–1499) やコルネリウス・アグリッパ (Cornelius Agrippa, 1486–1535) などの影響はルネサンス期の作家たちに多く見られるものの、ヴォーンは、神が被造物の中に分かち与えた「自然の光」を見出し、毒を薬に変えようと試みるパラケルスス (Paracelsus, Teophrastus von Hohenheim, 1493–1541) の医学理論に影響を受けていることがこの論文の中で指摘されている (Calhoun, pp. 117–121)。パラケルスス医学の中では、「アルカナ」と呼ばれる秘薬が薬草の中に見出されると考えられていたが、ヴォーンは、成長する植物の中には「種」('seed') が存在し、その種こそがパラケルススの言う「アルカナ」であるという、パラケルスス学派のヘルメス医学の思想を持っていたことが指摘されている (Calhoun, pp. 122–123)。彼は、ノリウスの翻訳を行う中で、キリスト教的医師 ('The Christian doctor') が「自然の光」を見出し、ヘルメス医学における医者は祈り人になるべきであるという考え方を実践した (Calhoun, pp. 124–125)。このようなヘルメス医学の知識は、「苦悩」('Affliction') や、「鳥」('The Bird') と題された詩の中での医学用語を用いた描写へとつながったことが論じられている (Calhoun, pp. 128–130)。しかしながら、カルホーンの論考においては、ヴォーンが医学表現の中に何を求めたのか、また、詩人が自然描写に込めた意図に関する歴史的文脈での議論が決定的に抜け落ちている。

ラドラムは、論文「ヘンリー・ヴォーンの詩における錬金術の影響」('The Influence of Alchemy in the Poems of Henry Vaughan, 1970) の中で、伝統的に錬金術の描写が疑似科学的、風刺的、宗教的なものの三つに分類されることを示し、ヴォーンの表現は宗教的なものの例であると論じている。特にヴォーンが、生命を再生させ、霊的復活をも可能にする、「世界を癒すバルム剤」('the worlds all-healing Balm') としての賢者の石をキリストに重ねながら描いていること (Rudrum, pp. 470, 473)、キリストとキリストの慈悲によって卑しき人間は精神的な黄金状態へと変えられることを伝えるために錬金術のイメージが用いられていることを指摘している (Rudrum, p. 474)。また、聖句を基にしたヴォーンの描写も錬金術概念が編み込まれていることも併せて指摘している (Rudrum, p. 474)。ラドラムの指摘の中で注目すべきことの一つは、ヴォーンの詩の芸術的な特徴を錬金術の文脈から論じている点である。特にハーバートの描写と比較してみると、ハーバートは単に錬金術の用語を利用するにとどまる傾向があるものの、ヴォーンは、さらに錬金術のイメージを有機的に展開させている (Rudrum, p. 473)。前者の錬金術的イメージは、霊的なものに具体的な実体を与えるために用いられるが、後者が展開する描写は、逆に、物質世界をよりエーテル化させ、精神的な意味を与えるために用いられていると論じられている (Rudrum, p. 478)。さらにヴォーンの詩の特質である、動きと状態の変化、エネルギーの感覚、いわゆる「エネルゲイア」(‘*the energeia*’) の概念が、神と人間、そして自然界を密接につなぐヘルメス思想的な感応力に基付いているとラドラムは指摘している (Rudrum, p. 479)。すなわち、ヴォーンの「暁の更」(‘The Morning-Watch’)、「苦悩」(‘Affliction’)、「嵐」(‘The Tempest’) などの中では、自然の循環や、その色などが生き生きと描かれているが、ヴォーンの生命にあふれる世界は、自然が光と影を変化させながら常にその形を変え、変化し続けており (Rudrum, pp. 478–480)、その根底にあるものは、トマス・ヴォーンやベーメなどが唱えた「錬金術工程での変化」(‘alchemical transformation’) のイメージであるとラドラムは考えている (Rudrum, p. 480)。ラドラムの注目すべき指摘のもう一つは、ヴォーンが時にはパラケルススの理論に異を唱えている可能性があるということである。パラケルススが、錬金作業を行えば肉体の再生 (‘palingenesy’) は可能であると考えている一方で、ヴォーンは、「昇天賛歌」(‘Ascension- Hymn’) の中で、神のみが再生を可能にする力を有していることを描いているとラドラムは言う (Rudrum, p. 474)。しかしながら、ラドラムの説に対して注意を要する点は、ヴォーンの詩は決して賢者の石がキリストの力を持ち得ると言っているのではなく、キリストの力が賢者の石に喩えられると言っているだけである、ということである。その区別は、ベーメの『シグナトゥーラ・レールム（事物のしるし）』(*Signatura Rerum*, 1651) の英訳者J・エリストン (J. Ellistone) が「賢者の石は一時的な癒しのため……そしてそれとともに聖なる隅石であるキリストだけが永遠の癒し、再生、そしてすべての真の忠実な永遠の魂の完璧な回復のためである」(‘the Philosophers Stone *is* [. . .] *for the Temporal Cure; and along with it the Holy Corner Stone, Christ alone, for the Everlasting Cure, Regeneration, and perfect Restitution of all the true, faithfull, eternal Souls*’, sig. [A4^{r}]) と説明していることで表されるだろう。

これらの研究をもとに、リンデンは『隠されし神聖文字』(*Darke Hieroglyphicks*, 1996) と題された著書の第八章「とばりと神聖文字の覆いの下で――ヴォーンとミルトンの錬金術」('"Under *vailes*, and *Hieroglyphicall Covertures*": Alchemy in the Poetry of Vaughan and Milton') の中で、ヴォーンの詩的表現の中の錬金術思想に基づいた表現を分析している。リンデンは、ペティットやカルホーンの指摘を再確認した上で、ヴォーンが描く神の創造がヘルメス思想や錬金術の工程として読み替えられる可能性を指摘している。特に、「復活と不滅」('Resurrection and Immortality') などの詩の中に見出されるヘルメス思想の要素、創造主と被造物の間に存在する神性 (diety) の教義は、ヘルメス・トリスメギストス (Hermes Trismegistus) による著作とされる『コープス・ヘルメティキュウム (ヘルメス文書)』(*Corpus Hermeticum*) やロバート・フラッド (Robert Fludd, 1574–1637) が展開した理論と共通のものであることを提示し (Linden, pp. 227–228)、更には、ヴォーンの「無秩序とはかなさ」('Disorder and frailty') と題された詩においては、神と人間の崩壊した関係を保つ鎖を、また、「宗教」('Religion') と題された詩の中では、失われた神との対話を、それぞれ詩人が取り戻そうと試みており、その手段はヘルメス思想の概念に準じたものであることを示している (Linden, pp. 235–238)。更に、リンデンは、ペティットが指摘したように、ヴォーンの「滝」('The Water-fall') がヘルメス思想的な自然観に影響を受けていることに同意しながら (Linden, pp. 239–340)、ヴォーンの表現は、それだけではなく、錬金術作業における変化の行程や賢者の石の概念にも準じたものであることを論じている (Linden, p. 241)。多くの批評家たちが行った、ヴォーンとヘルメス思想の相関関係を見出す指摘の中で、リンデンの指摘に特徴的なのは、ヴォーンの聖書の表現が錬金術の思想に由来するというもの、加えて、キリストの受難がパラケルスス学派の医学理論に基づいて表現されているというものである。例えば、「聖書に」('To the Holy Bible') の中で、ヴォーンは隠された石のイメージを賢者の石の隠されし秘密として用いながら、聖書そのものが「偉大なるエリクシル」('the great Elixir') であると

言う (Linden, pp. 242–243)。また、ノリウスの医学書の翻訳によって得られた知識をもとに、『火花散る火打ち石』の中では、キリストが良き医師であるという理論に基づいた表現を行っていることをリンデンは提示している (Linden, p. 244)。特に、毒を薬へと変化させる、パラケルススの癒しの理論は「苦悩」('Affliction') や「最後の審判」('Day of Judgement') の中で表現されている (Linden, p. 245)。また、リンデンに拠れば、ヴォーンはキリストと賢者の石の関係を終末論の中にも見出しており、「白い日曜日」('White Sunday') の中の浄化を求める表現は錬金術に由来するものでもある (Linden, pp. 245–246)。

以上のように、これまでの論考は、語彙の相似性に留まるものから、聖書にまつわる表現を錬金術の観点から読み直したもの、ヘルメス医学、特にパラケルスス医学の影響を受けているヴォーンの医学表現を明らかにしたもの、更には、神秘主義思想の理論からヴォーンの自然描写を再確認した研究となっている。しかしながら、いずれの研究においても、歴史的文脈での考察が欠けている。特に、ヴォーンが行った清教徒批判の観点が見落とされている。(6) 本論文は、ヴォーンの表現を神秘主義思想として分類されるヘルメス哲学や錬金術理論、医学理論に照らし合わせるとともに、その表現が、支配的勢力への批判を内包するという新たな視点を示す試みである。

本著の構成は以下の通りである。第一章では、十七世紀の神秘主義思想家たちの理論を確認する。また、トマス・ヴォーンなどの錬金術師たちを中心とした錬金術復興運動が教会側に危険視されていた状況や錬金術思想と清教徒の関係も合わせて考察する。第二章では、十六、十七世紀の詩人たちの錬金術の描写を検証していく。さらに第三章では、終末思想と錬金術の関係を明らかにする。第四章では、ヘルメス医学の理論に準じたヴォーンの表現を明らかにする。また、マグダラのマリヤの描写を手掛かりに、ヴォーンが理想とする聖人性を検討する。第五章では、自然を物理的に破壊し、霊的に汚染する清教徒に対する批判を、神秘主義思想に準じた自然観から捉えなおすことで、ヴォーンの被造物の描写を再検討する。

一般的な神秘主義は、絶対者と自己との合一体験、即ち聖なる存在である神との交わりの体験を求める思想と定義される。[7] ヘンリー・ヴォーンは神との合一体験を得るというよりもむしろ神の声をきき、霊の存在を見ようとしている。例えば、詩人は「永遠の丘から打ち響くこだまの音」('Ecchoes beaten from th'eternall hills.' 'Vanity of Spirit,' l. 18) を耳にしたり、「僕はこの前の夜、永遠を見た」('I saw Eternity the other night', 'The World,' l. 1) と言う。また、「各々の茂みや樫の木は、『私は在る』というお方を知っている」('Each *Bush* / And *Oak* doth know *I AM*,' 'Rules and Lessons,' ll. 15–16) と言い、神の摂理を理解している被造物の中に神の存在を見出そうと試みている。ヴォーンの詩的表現の中にしばしば示される神秘主義的傾向は汎神論やアニミズムと結びついたものであるとも言えるだろう。なぜならヴォーンは、特に十七世紀中葉の内乱時代に清教徒たちの余りに急進的な思想とその体現によって神の声を聞くことができなくなってしまったと感じていたからである。すべての物体や概念が神の具現であるという汎神論は、神を見出そうという彼の試みの中で中心的な思想となったと考えられる。またヴォーンは、他の多くの同時代の詩人とは異なり、霊的存在をすべてのものの中に見出すアニミズム的思想をも持っていたように思われる。ヴォーンは、石をはじめとする被造物すべてに霊が宿ると考えている。このアニミズム的思想は、当時支配的であった、万物の霊長としての人間観や「存在の偉大なる鎖」に表されるような垂直関係とは異なり、ヴォーンが人間と被造物を同等に捉える助けをしたように思われる。ヴォーンのこの思想は弟トマス・ヴォーンをはじめとする神秘主義思想家たちの理論と共通するものであり、ヴォーンの自然描写を検証する第五章の中で詳しく論じることになる。

さらに本著では、神秘主義思想の一環として錬金術の思想を取り上げる。第一章、第二章で考察するように、卑金属を黄金へと変えるものを実践的錬金術と定義し、不老不死の薬もしくは「エリクシル」と呼ばれる秘薬をとりだすものを精神的錬金術と呼ぶ。この「エリクシル」は「賢者の石」とも呼ばれ、人間を腐敗、堕落の状態から再生へと純化する触媒であると考えられていた。後者の錬金術に関する文献においては、アダムを含めた被造物の創造、堕落、キリストによる救済の段階を再解釈する論が展開されている。

錬金術は、オカルト哲学やヘルメス主義の一部としても定義される。ヘンリー・ヴォーンの詩は、しばしば当時の人間の理性を超えたものを扱うオカルト哲学や、ヘルメス・トリスメギストス（Hermes Trismegistus）が唱えたヘルメス思想の影響を受けていると思われる。例えば、ヴォーンが描いている磁力（magnetism）の概念は中世以来、オカルト哲学の思想家たちが唱えた理論に由来するものである。また、ヘルメス主義は主に錬金術（alchemy）、占星術（astrology）、神的秘術（theurgy）で構成されているが、ヴォーンに見られるその影響は、錬金術的なものだけではなく、神的呪術的なものであると考えることもできる。それは、慈悲深い神々と会話をすることでその援助を受けようとするものであり、ヴォーンが神との会話を望む表現などに反映されていると考えられるからである。また、オカルト哲学は限られた人にのみ理論を伝授していくものであり、「薔薇十字団」（Society of Rosicrucians）に代表されるように、その奥義を隠秘する性格を持っている。トマス・ヴォーンは自身の著作の中で、アグリッパが著した『オカルト哲学』（*Three Books of Occult Philosophy*）にしばしば言及しており、トマス自身、奥義を隠しながら論を展開する傾向にある。兄ヘンリー・ヴォーンに関しても、「神秘主義を表現するために隠秘的な表象が使われた」（高柳、七六頁）という指摘もみられる。しかし、ヘンリー・ヴォーンの詩作の中では、神の声を聞くために詩人が神秘主義思想に準拠していることは確かであるが、必ずしも彼自身が隠秘的な表現を用いているとは言い難い。

このように、本論では神秘主義思想の観点から、特に同時代の政治的、宗教的文脈の中に詩人の表現を置くことでヴォーンの表現を再解釈し、従来の研究では見逃されていた点を新たに提示することにしたい。まず、続く第一章では、ジェフリー・チョーサー（Geoffrey Chaucer, ca.1343–1400）の『カンタベリー物語』（*The Canterbury Tales*）の中で描かれた、錬金術と賢者の石の描写を起点にして、十七世紀中葉に至るまでに出版された錬金術のマニュアルを手掛かりに、錬金術の定義や工程を概観する。

注

引用箇所の下線部はすべて筆者による。また、本稿において、文献中の long 's,' 表記はすべて現代英語表記にて引用し、出版社不明の文献に関しては出版年のみを記載する。

（1）ヴォーンの詩は、*The Works of Henry Vaughan*, ed. L. C. Martin, 2nd ed. (Oxford: Clarendon, 1957) を定本として用い、以下、Martin と記載する。また、注釈に関しては、これに加えて *The Complete Poems*, ed. Alan Rudrum (Harmondsworth: Penguin, 1977) を参考にし、以下、Rudrum と記載する。また、ヴォーンの日本語訳は拙訳であるが、吉中孝志訳『ヘンリー・ヴォーン詩集』の注を参考にし、以下、吉中と記す。

（2）エンブレムの解釈については、Dickson, pp. 124–9 を参照。また、『火花散る火打ち石』の中ではこのエンブレムについての説明はなされていないが、ヴォーンは、『フローレス・ソリテュディヌス』(*Flores Solitudinis*, 1654) を出版した際、読者にあてた序 ('To the Reader') の中で、「火打ち石」が鉄と同様に死や頑なさを表し、錬金術がそれを融解し、生きたものにする力であることを次のように述べている。

> *Resolution*, Reader, *is the Sanctuary of Man, and Saint* Pauls *content is that famous* Elixir, *which turnes the* rudest mettall *into* smooth *and* ductible gold: *It is the Philosophers* secret fire, *that* stomack *of the* Ostrich *which digests* Iron, *and dissolves the hard flint into bloud and nutriment.*
>
> (Martin, p. 217)

（3）カルホーンは次のように指摘している。'Vaughan's *petra* [. . .] is specially "*Silex*"—Latin for flint as well as a common name for the "philosopher's stone" or essential matter, and the caduceus, around which Love's arrows are twined, is the instrument of Hermes. These details extend the sense of emblem to the realm of natural magic and beyond, to hermetic accounts of the Creation as a type of rebirth or resurrection' (p. 138). カルホーンは、エンブレムに人の顔が隠されているというルイス・マーツ (Louis Martz) が唱えた理論 (Martz, pp. 5–7) に賛同しているように思える。彼は、パラケルススの『アテネ人たちへ書かれた哲学の書』(*Book of Philosophy Written to the Athenians*) を引用しながら、錬金術の原理が、神秘的な要素から本質的な形を引き出すものであると説明している。カルホーンは、隠された顔が火花散る火打ち石の中に見出されるというエンブレムの解釈工程を錬金術において真理が見出される工程に重ねているのである。Calhoun, pp. 138–139: 'The process [. . .] is a separation or distinguishing of unique and original form from the mysterious element that conceals it. A statue, he says, is hidden in the stone or wood from which it will be carved.' 参照。

(4) Thomas Vaughan, *The Works of Thomas Vaughan*, ed. Arthur Edward Waite (London: The Theosophical Publishing House, 1919), p. 32. トマス・ヴォーンからの引用はエドワード・ウェイトが注釈をつけた、この版により、以下 *Works* と記載する。この版で 'framed' と記されている語は、トマスの『アンソロポソフィア・セオマギカ』の原文では 'tam'd' となっており、ここではこの語を採用した。

(5) ウォルターズは、ヘンリーとトマスが共に予定していることを暗示する記述から、『気象学』(*Meteorology*) の共同執筆の可能性を論じている (Walters, p. 119)。

(6) ヴォーンの清教徒批判については、ジョナサン・ポスト (Jonathan Post)、もしくはフィリップ・ウェスト (Philip West) の論考を参照。ポストは、ヴォーンの清教徒に対する抵抗が音の表現を用いてなされている点に注目して考察している (Post, pp. 157–185)。また、ウェストは、ヴォーンが、清教徒の自負した「熱狂」('zeal') や「新しい光」('New Light') に対する批判を試みている、と論じている (West, pp. 145–180)。しかし、これらの論考の中では、神秘主義や錬金術思想からの考察はなされていない。

(7) リチャード・ロール (Richard Rolle, 1290/1300–1349) のような、中世に遡るキリスト教神秘主義からの影響については、別稿に譲りたい。

第一章

錬金術思想

チョーサーと初期近代の錬金術

十六世紀以前の錬金術が英文学作品の中でどのように捉えられていたか、それは典型的な形でチョーサーの『カンタベリー物語』に収録されている「司教座聖堂参事会員の徒弟の話」('The Canon's Yeoman's Tale') に見ることができる。この司教座聖堂参事会員は錬金術師として描かれている。その徒弟の語りにおいてチョーサーは、錬金術そのものが当時一種の学問とみなされていた可能性を匂わせながらもその時代の錬金術師はむしろ詐欺師のニュアンスが強かったことを示唆している。錬金術師たちが追い求めた「賢者の石」は以下のように語られる。

A! Nay! Lat be; the philosophres stoon,
Elixer clept, we sechen faste echoon;
For hadde we hym, thanne were we siker ynow.
But unto God of hevene I make avow,
For al oure craft, whan we han al ydo,
And al oure sleighte, he wol nat come us to.

(Geoffrey Chaucer, 'The Canon's Yeoman's Tale', ll. 862–867)

ああ、いえいえ！　放っておきましょう——エリクシルとよばれる賢者の石を
われわれはめいめい一生懸命に探しているのです。
というわけは、もしそれを得たならばわれわれはもう大丈夫ですから。
だが天の神さまに対して誓います、
我々がすべてを実験したときであれ、
技術や熟練にも関わらず、それは我々のところにはやって来ないと。

錬金術師の弟子は、いくらこの石を探しても一向に発見されないこと、そして一度この石を探そうと試みると、「永久に探さねばならない」('it is to seken evere', l. 874) ことを警告する。この話の中で、錬金術師の徒弟は、次のようにも述べている。

　When we been there as we shul exercise
Oure elvysshe craft, we semen wonder wise,
Oure termes been so clergial and so queynte.
I blowe the fir til that myn herte feynte.
What sholde I tellen ech proporcion
Of thynges whiche that we werche upon
As on fyve or sixe ounces, may wel be,
Of silver, or som oother quantitee—
And bisye me to telle yow the names
Of orpyment, brent bones, iren squames,
That into poudre grounden been ful small[.]

(Geoffrey Chaucer, 'The Canon's Yeoman's Tale', ll. 750–760)

　神秘的な技を実際にやろうとする場所に臨んでいる時には、
われわれは、それはとても賢く見えるのです。
なにしろ、我々の専門用語はとても学問的なものですし、
とても奇妙なものですから。
私は心臓が弱って、気が遠くなるまで火を吹くのです。
我々が働きかける物質の各々の割合を話す必要がありましょうか。

例えば、五オンスか六オンスの銀でやる、ということもありましょうし
また他の量でやるということもありましょう。
また、一生懸命になって小さくついて粉にする硫黄だとか、
焼いた骨や鉄の薄片などの名前を
あなた方にお話しする必要がありましょうか。

徒弟が語るところによれば、錬金術作業を行う際には専門用語が用いられ、この技が学術的なものであると認めているように思われる。しかしその一方で、チョーサーは、'queynte' という言葉に「ずる賢い」、「奇妙な」といった否定的な意味（'queint', *OED* 1 †b 'In bad sense: Cunning, crafty, given to scheming or plotting', †7 'Strange, ... odd'）を響かせている。また、錬金術のことを「この呪うべき技」と表現し、錬金術を試みようとする者たちがことごとく「全財産をなくす」ことを次のように描いている。

This cursed craft whoso wole excercise,
He shal no good han that hym may suffise;
For al the good he spendeth theraboute
He lese shal; therof have I no doute.

(Geoffrey Chaucer, 'The Canon's Yeoman's Tale', ll. 830–833)

誰でもこの呪うべき技を行う者は、
もう満足だと思わせるものを何も得ることはありません。
だって、それに使う全財産を彼はきっと失うからです。
それについて疑いはありません。

このように、錬金術師の詐欺師的な側面が描き出される一方で、チョーサーの時代に実在したと考えられる錬金術師についての言及も行われている。以下の徒弟の台詞のなかでは、カタロニア人のヴィルヌーヴのアルノー（Arnold of Villanova, c 1240–1311）について言及がなされている。

Lo, thus seith Arnold of the New Toun,
As his Rosarie maketh mencioun;
He seith right thus, withouten any lye:
"Ther may no man mercurie mortifie
But it be with his brother knowlechyng"
How [be] that he which that first seyde this thyng
Of philosophers fader was, Hermes[.]

(Geoffrey Chaucer, 'The Canon's Yeoman's Tale', ll. 1428–1433)

御覧なさい、次のように、ニュータウンのアーノルドは、
彼の『バラ園』で言及しているように、
まさにこのように、嘘偽りなく言っています、
「だれも水銀をその兄弟の助けなしに
変質させることはできない」と。
最初にこのことを言ったひとは、
賢者たちの父なるヘルメスだったのです。

錬金術を体系的に示した論考として、ガレス・ロバーツ（Gareth Roberts）の『錬金術の鏡』（*The Mirror of Alchemy*）がある。ロバーツによれば、アルノーがオルシーニ枢機卿（Cardinal Orsini）に宛てたとされて

いる『哲学者たちのバラ園』(*Rosarius Philosophorum*) が十四世紀の英国ですでに流布しており、また「バラ園」自体が人気を博していたことが論じられている。興味深いことにアルノーは、不完全な金属を一種の病とみなし、完全な状態、つまり、理想的な内部バランスに達するにはエリクシルという薬剤の助けが必要であると唱えた。また錬金術は「あらゆる不健康かつ不健全な身体の回復を助けるための方法、身体を正しいバランスと最善の健康に戻す方法」を教えるものであった。さらにアルノーによれば、錬金術において金属が受ける行程は、キリストの受胎、キリストの誕生、磔刑、復活になぞらえられた。[1] チョーサーの作品の中では、錬金術に関する専門的な展開は見られないが、チョーサーの時代には既に錬金術が医学的、宗教的な観点から説明される神秘主義的な学問であったことは明らかである。また、十六世紀以前の錬金術は、魔術と同一視されることも多かった。例えば、ヘルメス・トリスメギストスの『ヘルメス文書』の会話集の中に示された光と闇、無限の光の幻視や天使魔術などの思想は、ある意味において危険視されたものであった。そしてそれは隠秘主義的でもあった。

十五世紀から十七世紀にかけて、錬金術師たちは、数々の著作を謎に秘めた形で残し、後の錬金術師たちは、その理論を受け継ぐ形で、錬金作業を試みたと考えられている。『錬金術の精髄』(*Medulla Alchemiae*) を一四七一年にヨーク大司教ジョージ・ネヴィル (George Nevill) に献じた、ジョージ・リプリー (George Ripley, 十五世紀初め–c.1490) や、リプリーを師と仰いだ、トマス・ノートン (Thomas Norton, 1433–1513) などの理論は、十七世紀英国の錬金術師たちによって継承されたとされている。『錬金術の鍵』(*The Key of Alchemy*, 1577) をはじめとする、ノートンの著作は、錬金術の理論を暗号で隠した詩作品を含んでいる。また、エリザベス一世に『哲学の書』(*A Book of Philosophie*) を献上した、トマス・チャーノック (Thomas Charnock, 1526–1581) は幾つかの「謎」を『自然の科学の摘要』(*Breviary of Naturall Philosophy*) の中にしたためており、これらの錬金術師たちは、錬金術の理論を暗号化し、謎の文章や図像の中に隠していたという特徴がある (Roberts, pp.41–42)。

エリザベス朝とジョン・ディー

エリザベス朝は、魔術や錬金術が政治・文化面に介入した時代であったことをピーター・J・フレンチ (Peter J. French) が著書『ジョン・ディー——エリザベス朝の魔術師』(*John Dee: The World of an Elizabethan Magus*) の中で指摘している。特に、ジョン・ディー (John Dee, 1527–1608) はエリザベス朝の錬金術師の中心的存在であった。ディーは異端視されたアグリッパやフィチーノが唱えた魔術理論を信奉し、一五五一年にはエドワード六世に論文を献上することで報奨金を得ており、宗教改革の信奉者とも深く付き合っていたと考えられている (French, pp. 30–32)。

また、ディーは、シドニーサークルとの関わりも深く、サー・フィリップ・シドニー (Sir Philip Sidney, 1554–1586) の『アストロフィルとステラ』(*Astrophel and Stella*, 1591) の中での天宮図のイメージは、ディーの占星術の知識に基づくものであると考えられている (French, p. 130)。

ディーはエリザベス女王に王立図書館の設立を依頼し、ディー自身の蔵書の中には、フィチーノやピコ・デラ・ミランドラ (Pico della Mirandola, 1463–1494)、パラケルススの著作が含まれており、これらの文献がその後の錬金術思想に大きな影響を与えたと考えられる (French, pp. 57–61)。

実践的錬金術の理論

錬金術が神秘主義と重なる一方で、それは、応用化学の側面を発展させるものであったとも考えられている。ディーの応用化学の理論をもとにして実験的方法を提唱したとされるのはフランシス・ベイコン (Francis Bacon, 1561–1626) である (French, pp. 162–168)。しかし十六世紀の段階で実践的錬金術を主導し、十七世紀の詩人たちにも影響を与えたのはもう一人のベイコンであった。ロジャー・ベイコン (Roger Bacon, c.1220–c.1292) の『錬金術の鏡』(*The Mirror of Alchemy*) は一五九七年に英訳、出版された。ベイコンは、錬金術を思弁的なものと実践的なものの二種類に区分し、後者を「貴金属、色彩、そのほか多くのものを自然界において作られるよりも術によってより良く、より潤沢に作り出す方法を教える」ものであると定義している (Roberts, pp. 33–36)。この論文の中で、ベイコンは、ヘルメス・トリスメギストスの言葉を引用し、錬金術を科学という学問の文脈で捉える必要があることを唱えている。

> [. . .] Hermes saith of this Science: *Alchimy* is a Corporal Science [. . .] naturally conioyning things more precious, by knowledge and effect, and conuerting them by a naturall commixtion into a better kind. A certain other saith: *Alchimy* is a Science, teaching how to transforme any kind of mettall into another: and that by a proper medicine, as it appeareth by many Philosophers Bookes. *Alchimy* therefore is a science teaching how to make and compound a certain medicine, which is called *Elixir*, the which when it is cast upon mettals or imperfect bodies, doth fully perfect them in the verie proiection.
>
> (Roger Bacon, *The Mirror of Alchemy*, sig. A3)

ヘルメス・トリスメギストスはこの科学について次のように言っている——錬金術とは、物質的な科学であり、……知識と効果によってより貴重な物質を自然の力で結合し、それらを一つの自然な混合によってより良い物へと変化させる、と。また、他の或る者は次のように言う——錬金術はいかなる種類の鉱石をも別の鉱石へと変容させる方法を教える科学である——しかもそれは、多くの哲学者たちの書によって明白であるように、適切な薬によってである。それゆえに錬金術は、エリクシルと呼ばれる特定の薬を作り、合成する方法を教える科学である。そのエリクシルは、鉱石や不完全な物質に投入されたときに、それらをまさにその卑金属から貴金属への変質で全く完璧にするのである。

ベイコンが定義するには、卑金属を黄金に変える方法を教える錬金術とは、エリクシルという適切な薬を作り出すための科学でもある。エリクシルとは、語源的にはギリシャ語にさかのぼり、「傷を手当てする粉」を意味する。[2]

また、この論文の中では、錬金術の火や炉がどのようなものかについての解説がなされている。例えば、「火を作用させ、和らげさせる、持続させる方法性質について」(‘Of the maner of working, and of moderating, and continuing the fire’) の項で、ベイコンは穏やかな熱の火を燃やし続けることの重要性を以下のように説いている。

> And if we know not the maner of working, what is the cause that we do not see howe nature (which of long time hath perfected mettals) doth continually work? Doo wee not see, that in the Mynes through the continual heate that is in the mountaines there of the grosnesse of water is so decocted & thickened, that in continuance of time it becommeth Argentuiue? [. . .] And in an other place, let thy fire be gentle, & easie, which being always eaquall, may continue burning. [. . .] And though we alwayes speake of a gentle fire, yet in truth, we think that in gouerning the worke, the fire must alwayes by little and little bee increased and augmented vnto the end.
>
> (Roger Bacon, *The Mirror of Alchemy*, pp. 9–10)

もしわれわれが作用の仕方を知らないというのであれば、一体、（長い時間をかけて鉱物を完全体にしている）自然がどのように絶えず作用しているかを私たちが分からないのは何が原因であろうか？ 我々は見ないというのか、鉱脈の中で、その鉱山の中にある連続的な熱で、水の粗悪さが煮詰められて濃くなり、時間の経過で水銀になるということを。……そして他の場所では、あなたの火を、いつも均等で、燃え続けるように、穏やかにゆるやかにさせよ。……そして我々は常にやさしい火について語るけれども、実際に、我々はその作用を管理する際に、最後まで、火はいつも少しずつ増加させ、増大させなければならない。

即ち、錬金作業における穏やかな火は自然界の鉱床の中で水銀を生じさせる、絶えざる熱と同じ働きをするのである。火の重要性は、チョーサーの『カンタベリー物語』の中でも、錬金術の「失敗が火の起こし方が原因である」('Somme seide it was long on the fir making', l. 922) と議論になっていることからも見てとることが出来る。

さらに、ベイコンは「蒸留器と炉の質について」('Of the qualitie of the Vessell and Furnace') の項で錬金術工程において「蒸留器」もしくは「炉」の状態は、大地の中で鉱石が生み出される状態と同一のものになるべく努める必要があることを次のように論じている。

> Whereas nature by a naturall fire decocteth the metals in the Mynes, shee denieth the like decoction to be made without a vessell fitte for it. [. . .] see in whatplace the generation of mettals is made. [. . .] There, through the continual equall heate in the mountaine, in long processe of time diverse metals are engendred, according to the diuersitie of the place. And in these Minerall places, you shall finde a continuall heate. [. . .] we must needes haue such a furnance like unto the mountains[.]
>
> (Roger Bacon, *The Mirror of Alchemy*, pp. 10–11)

自然が自然の火によって鉱脈の中で鉱物を煮だす一方で、彼女はそのために適した容器なしでは同様の煎出がなされるのを拒否する。……見よ、どの場所において鉱物の生成がなされるかを。……そこでは、鉱山の中の連続した均等の熱で、時の長き過程において、その場所の様々な状態に従って、様々な鉱石が生成される。そしてこれらの鉱物の場所において、あなたは連続した熱を見出すだろう。……私たちは鉱山のような炉を持つ必要があるのだ。

また、「石は二つの部分に分けねばならない」('That the Stone must be divided into two parts') の項ではヘルメス・トリスメギストスが実践した錬金の工程について解説をしつつ、錬金作用の理論を展開していく。「分解」（'seperation'）や「結合」（'conjunction'）と呼ばれる錬金術工程についてベイコンは次のように説明する。

[. . .] he [Hermes] toucheth the operation of the stone, saying: *That which is beneath, is as that which is above.* And this he sayth, because the stone is diuided into two principal parts by Art: Into the superiur part, that ascendeth vp, and into the inferiour part, which remaineth beneath fixe and cleare: and yet these two parts agree in vertue: and therefore hee sayeth, *That which is aboue, is like that which is beneath.* And this diuision is necessarie, *To perpetrate the myracles of one thing*, to wit, of the Stone: because the inferiour part is the Earth, which is called the Nurse, and Ferment: and the superiour part is the *Soule*, which quickeneth the whole Stone, and raiseth it vp. Wherefore separation made, and coniunction celebrated, manie myracles are effected in the secret worke of nature.

(Roger Bacon, *The Mirror of Alchemy*, p. 19)

彼は石の作用について次のように触れている――下位のものは上位のもののごとし――そしてこのことを彼は言うのだ、何故なら石は錬金術によって二つの主たる部分――上昇する優位の部分と下で固まり、透明の状態で残る劣位の部分――に分けられる、しかしこれらの二つの部分が効能において一致するからである、と。それ故に彼は言うのだ、上位のものは下位のもののごとし、と。そしてこの分離は必要なものである、一つの奇跡を行うために、即ち、石の奇跡を行うために。なぜなら、下位の部分は養分を与えるものや発酵させるものと呼ばれる大地である、そして優位な部分は魂であり、それが石全体に命を吹き込み、上昇させる。そうやって分離がなされ、結合が執り行われ、多くの奇跡が自然の神秘の業の中でなされるのだ。

分解された石のうち、上に昇る、より優位な部分が「魂」であり、それが石全体に生命を与え、石を呼び覚ます。また、したに残り、固まり透明になった、より劣った部分は、培養し、発酵させる「土」である。この二つの部分は効能において合致するとベイコンは言う。そしてこれが、錬金術工程における分解と結合であり、こうして賢者の石を創りだすための準備が整う。

同様に、錬金術において「分離」と「固定」は基本的な工程である。例えばベイコンは「スピリットをどのように固定するかについての方法」('The manner how to fixe the Spirit')を説明している。スピリッツとは錬金術用語であり、チョーサーの作品では、「水銀」('quyksilver')、「雄黄」('orpyment')、「サルアンモニア」('Sal armonyak')、「硫黄」('brymstoon')の四種類であるが、ここでは、魂が上へ昇っていきやすいことが、スピリッツが上昇し、賢者の石の中にとどまらないことの喩えになっている。

> The Spirits are fugitiue, so long as the bodies are mingled with them, and striue to resist the fire & his flame: and yet these parts can hardly agree without a good operation and continuall labour: for the nature of the soule is to ascend upward[.]
>
> (Roger Bacon, *The Mirror of Alchemy*, p. 41)

スピリットはうつろいやすい、肉体がそれに混じっている限り、そして火とその炎に抵抗しようとする限り。そしてこれらの部分は良き作用と連続した努力なしにはほとんど一致できない。なぜなら魂の性質は上へと上昇していくものであるからである。

その後の錬金術の論文の中でも重要視される基本事項としてベイコンは錬金術工程の中での色の変化に注目している。例えば、エリクシルの最終段階は赤色であり、「赤エリクシルが果てしなくレモン色になって、すべての金属を純粋な金に変える、そして白エリクシルは、果てしなく白くされ、すべての金属を完璧な白さに変える」('The red Elixir doth turne into a citrine colour infinitely, and changeth all mettals into pure gold. And the white Elixir doth infinitely whiten, and bringeth everie mettal to perfect whitenesse', p.

14) ことが論じられている。

ベイコンが唱えた錬金術作業の理論は、十七世紀に入ると、ベン・ジョンソン (Ben Jonson, 1572–1637) の戯曲『錬金術師』(*The Alchemist*) の中で、錬金術の弟子に詳しく説明をさせる場面によって、観客に伝えられることになる。(3)

錬金術復興運動

錬金術を含む科学、医学、哲学などの思想も十七世紀に入って変動期を迎える。フランセス・イエイツ (Frances Yates) が著書『薔薇十字の覚醒』(*The Rosicrucian Enlightenment*) の中で論じたところによれば、ジョン・ディーの魔術、カバラ、錬金術の分野が、イリアス・アシュモール (Elias Ashmole, 1617–1692) や、ミハエル・マイヤー (Michael Maier, 1568–1622) などの錬金術師たちによって確立され、また、パラケルススの理論が再認識されることによって錬金術再生運動がなされた。特に、王立協会の一員となった、アシュモールは王党派の立場を保持しつつ、内乱期や共和制時代において、魔術的照応理論に支配されたヘルメス的宇宙観を基に、改革再生された錬金術を誕生させたと考えられている (Yates, p. 248)。アシュモールは錬金術文献の選集を、『英国の化学の劇場』(*Theatrum Chemicum Brit Annicum*, 1652) として出版し、また一六七二年にチャールズ二世に献上した文献の一冊は王立協会に贈与されたと考えられている。このような活動は自然科学における錬金術的アプローチを活性化させ、アイザック・ニュートン (Isaac Newton, 1642–1727) などにも受け継がれていったとイエイツは考えている (Yates, pp. 254–256)。

詩人ヘンリー・ヴォーンの双子の弟、トマス・ヴォーンもまた、このような活動の一役を担った。イエイツはトマス・ヴォーンが、東欧で展開された錬金術の理論を基本にしながら、錬金術思想に深く精通していたことを指摘している（Yates, pp. 255–256）。トマス・ヴォーンは、一六五二年に作者不詳の『薔薇十字宣言』（*The Fame and Confession of the Fraternity of R: C: of Rosie Cross*）を初めて英語で出版した。トマスによるこの出版は、一四〇〇―一五〇〇年代に東欧諸国に影響を与えた錬金術の思想をブリテン諸島にもたらすものであったと考えられている。

トマス・ヴォーンの『錬金術の精髄』

イエイツの著書の中では言及されておらず、これまでの研究でもその詳細な分析はなされていないが、錬金術師としてのトマス・ヴォーンは、エウゲニウス・フィラレテス（Eugenius Philalethes）のペンネームで『錬金術の真髄』（*The Marrow Of Alchemy*）と題した著書を発表している。この文献は、一六五四年に第一部（The First Part）が、また、一六五五年に第二部（The Second Part）が出版されている。大英図書館に保存されている第一版には、最初の三頁に×印が書かれている。この×印については議論がなされていないが、錬金術復興運動が内乱の混乱期に書かれたことと併せて考慮すると、削除を促すような何らかの批判的な精神が働いていた可能性もある。

この文献は、錬金術の理論を扱った部分（'The first Containing Four Books chiefly Illustrating the Theory'）と実践術の部分（'The other Containing Three Books, Elucidating the Practique of the Art'）で構成されている。前者は、例えば、「煆焼」（'Calcination', pp. 40–48）「分離」（'Separation', pp. 48–55）「腐敗」（'Putrefastion', pp. 55–58）「結晶化」（'Congelation', pp. 58–61）といった錬金術の工程が説明されているが、文献全体が散文ではなく、一連が六行、八十三連の韻文で書かれていることもあって、まず「序」（Introduction）の中で、トマスは詩神（'Muses', l. 3）とともに太陽神に呼びかけ、ヘルメス・トリスメギストス

に言及している。

Assist me jointly *Phoebus* with thy raies,
Appear now as thou didst in *Hermes* daies.
(Eugenius Philalethes, *The Marrow Of Alchemy*, *The First Part*, *The First Book*, Stanza 1, p. 1)

私を共同してお助けください、ポイボスよ、あなたの光で
今現れてください、ヘルメスの日々にあなたが現れたように。

この著書の中で、トマス・ヴォーンは「神秘的な錬金術の高貴なる技」('The Noble Art of secret Alchemy', *The First Part*, *The Second Book*, Stanza 1, p. 21)を擁護しようとしているが、トマスがヘルメス学派による錬金術の論文を読んでいたという事実を裏付ける言説も示されている。例えば、次の連の中でトマスは、エメラルド・タブレット(Tabula Smaragdina)にその教義を刻んだヘルメス・トリスメギストスについて、王党派的イメージを使いながら「高貴なるヘルメス」と表現して登場させている。

Of those who of this Art do bear a Name,
First Noble Hermes comes upon the Stage,
A Royal Prince and of deserved Fame,
His Peer was not afforded in his Age;
He Alchemy renown'd as he was able,
Comprising 't in his brief Smaragdine Table[.]
(Eugenius Philalethes, *The Marrow Of Aichemy*, *The First Part*, *The First Book*, Stanza 23, p. 6)

この技の名を持つ者たちの中で、
最初に高貴なヘルメスが舞台にやって来た、
気高い、そして、受けて当然の名声を持つ君主、
彼の時代においては彼に並ぶものはいなかった。
　彼は、能力があったので、錬金術を有名にしたのだ、
　それを彼の簡潔なエメラルド・ダブレットに構成して。

さらに、この文献の中では、それまでに展開された、キリストの誕生、磔刑、復活の段階を錬金術における練成の工程に読み込むことを基本とした表現も用いられている。実践的錬金術の工程においても、キリストに関わる数字が重ねられることが多かったが、「四十日」というキリストがサタンに誘惑を受けた日数の間、金属が受難を受けなければならないことが次のように示されている。

Attend thou forty days, then shall appear
Black of the blackest, like a well-burnt coal,
When this thou seest thou shalt not need to fear,
But white at last shall shew, without control;
　And so unto the sparkling Red you come,
　Having at first of Blackness past the doom.
　　(Eugenius Philalethes, *The Marrow Of Alchemy, The Second Part, The Second Book*, Stanza 62, p. 37)

四〇日の間、待ちなさい、そうすればよく焼かれた石炭のように
最も黒い部分の黒い色があらわれるだろう。

あなたがこれを見たとき、これを恐れる必要はない、
否応なしに、最後には白い色が現れ出るだろう。
　そして、最初に暗黒の運命を通過したので、
　火花散るような赤がやって来るだろう。

また、熱せられて硫黄（'Sulphur'）が増殖し、その結果としてエリクシルを得る工程が、次のように最後の審判のイメージを伴って展開されている。

　This multiply so long untill you come
Unto th'*Elixar* which of Spirits wee
Do call, which like the judge at day of Doom:
Judgeth to fire all terrestriety.
　Which in imperfect metalls doth adhere
Unto the perfect substance which is there.
(Eugenius Philalethes, *The Marrow Of Alchemy, The Second Part, The First Book*, Stanza 8, p. 3)

　これは非常に長い間増殖し、ついには、
我々がスピリッツのエリクシルと呼ぶものになる。
それは最後の審判の日の裁き主のように
あらゆる此の世的なものに火あぶりの刑という判決を下す。
　それは不完全な鉱物の中で
あの世にある完全な物質に付着しているのである。

トマスは、錬金術の工程においては、「穏やかなる火」(‘gentle fire’, *The Second Book*, Stanza 72, p. 39) が必要であること、更には色の変化が重要であることも論じている (*The Second Book*, Stanzas 60–61, 69–71)。

ヘンリー・ヴォーンは、鳥が神に植えられた種 (‘seed’) を宿していることを前提として「鶏鳴」(‘Cock-Crowing’) と題された詩を書いているが、弟トマスは植物の中に宿る「種」が増殖していくように、鉱物もまたそのような増加をするか否かという疑問と仮定を理論的な錬金術の議論の中で次のように示している。

This propagation for to bring about
Each thing he blest with vertue seminal,
Which Herbs and Trees into the Air bring out,
But hidden lies in the Reins animal;
The only question which is now to prove,
Is, if that Minerals from God above

Were blessed with a seed to multiply,
And to encrease their kinde like other things;
This once if clear’d no scruple then can lie,
But that the vertue seminal which brings
All things to light, it self may multiply,
In mettals, as in all things under sky.

(Eugenius Philalethes, *The Marrow Of Alchemy, The First Part, The First Book*, Stanzas 40–41, p.10)

この繁殖をもたらすために、
彼は各々のものを生殖の力で祝福したのであった。
それを草と木々は空気中に放つが、
動物の性殖器の中では隠されている。
今証明すべき唯一の疑問は、
鉱物というものが天の神から

他のものと同じようにその種を増加し、
増殖するためのタネで祝福されているか、ということだ。
もしこれが一旦明らかにされるなら何の疑念もありえない、
この空の下のすべてのものの中に宿るように、鉱物の中でも
あらゆるものに光をもたらす、
生殖の力が自らを増殖する、ということが。

また、興味深いことに、トマスの実践的錬金術の表現にも兄ヘンリー・ヴォーンの詩的表現に通じるような、光と闇の表現が見出せる。例えば、焦げた石炭のような物質が生じた時、トマスは次のように実験者を諭す。

Thus blackness is the Gate by which we enter
To light of Paradise, this is the way,
The bodies here reduc'd are to their Center,
A dismal night brings forth a glorious day,

Let this thy study be this black t' attain,
Or else all other signs shall be in vain.
(Eugenius Philalethes, *The Marrow Of Alchemy, The Second Part, The Second Book*, Stanza 63, p. 37)

このように黒色は、かの門である、それによって我々は
天国の光へと入っていくのだ。これは、かの道だ、
肉体はここでそれらの中心に向かって滅じられて行き、
陰鬱なる夜が一つの輝かしき日を産む。
　この黒きものを得るために、これをあなたの学問とせよ。
そうでなければ他の全ての印は無駄になってしまうだろう。

トマスは、この文献の中で、ヘルメスだけではなく、多くの錬金術師たちに言及しているが、注目すべきは、賢者の石の練成に成功し、不滅の生命を手に入れた、と十七世紀には信じられていた、ニコラス・フラメル (Nicolas Flamel, 1330–1418) を「新たな光」の作者として紹介している ('The Noble Polack Authour of New light, / *Flammel* also of worthy memory', *The First Part, The First Book*, Stanza 28, p. 7) ことである。マイケール・サンディヴォギアス (Micheel Sandivogius) 作の『錬金術の新たな光』(*A New Light of Alchemy*, 1650) に代表されるように、ヴォーンの時代にあっては、「新たな光」という言葉は錬金術的な響きを持っていたことは明らかである。しかしながら我々が第三章で考察するように、その言葉は極めて宗教的な響きを持つ言葉であったことはここで触れておかなければならない。

錬金術と政治の関係

錬金術がどのように政治と結びついていたか、その答えを得る手がかりになるのが、アンドリュー・メンデルソーン (Andrew Mendelsohn) の論文「一六四九年から一六六五年にかけてのイングランドにおける錬金術と政治」('Alchemy and Politics in England 1649–1665') である。この論文の中で、メンデルソーンは、先行研究が清教徒革命の要因となった急進的プロテスタンティズムと錬金術との密接な関係を主張してきた (Mendelsohn, pp. 30–31) のに対して、トマス・ヴォーン (Mendelsohn, pp. 33–34, 45, 62) とケンブリッジ・プラトニスト、ヘンリー・モアの友人であるチャールズ・ハザム (Charles Hatham) を例に、王党派と錬金術との関係を論じている (Mendelsohn, p. 35)。更に、メンデルソーンに拠れば、この時代の錬金術の用語、またその概念の流動性は政治的利用の観点からは極めて高かったと考えられる。そして、このような、錬金術をめぐる概念の政治的流動性は、とりわけ一六五〇年の初頭、チャールズ一世の処刑を挟んで顕著になったと考えられている (Mendelsohn p. 36)。例えば、ベーメの錬金術に関する議論が英国で流布するためには、擁護者としての国王の役割が大きかった (Mendelsohn, pp. 35, 59) が、同時にそれは、急進派のピューリタリズムを擁護するものでもあった (Mendelsohn, pp. 34, 35, 59)。また、ヘルモント (Van Helmont) の著作は、宮廷医師であった、ウォルター・チャールトン (Walter Charleton) によって一六五〇年に英訳が出版された (Mendelsohn, p. 33) が、彼の思想が非国教徒や議会派議員たちにとって重要であることが判明すると、一六五〇年代にチャールトンはヘルモントを退けるようになった。ともかくも、チャールトンの翻訳出版により、王党派の医師たちの間にもヘルモントの理論が浸透したと考えられ、錬金術医学が王党派の人々に利用されるきっかけになったと想定される。王党派の人々に錬金術の思想が浸透した理由としては、本来、錬金術の言葉が王党派的であった (Mendelsohn, pp. 53–54) こと、特に、錬金術の用語と王をめぐるイメージの重なりが密接であったことが挙げられる。王 (King) と錬金術師（Alchemist）を同一視するイメージは王党派の人々に好まれ（Mendelsohn, pp. 60–61）、とりわけ、王と王妃、太陽と月、硫黄と水銀のパラレルと両者の結合、すなわち錬金術における結婚のイメージは、王と王妃の婚姻のイメージになぞらえられるものでもあった。(4) しかしもう一方でメンデルソーンが指摘しているように、卑金属の内部に黄金を見出そうとする考え方は、同じく卑しき人間の中に神の御姿を見出そうとする考え方と共鳴し、錬金術が万物平等の思想へと結び付けられ（Mendelsohn, p. 56）、錬金術の両性具有的発生の神秘主義的理論は共産主義へと結び付けられる（Mendelsohn, p. 39）こととなった。

また、錬金術の概念が、ユートピア実現のために利用されたこともメンデルソーンは指摘している。内乱以前の清教徒の改革派、ジョン・ホール（John Hall）やサミュエル・ハートリブ（Samuel Hartlib, 1600–1662）が唱えた「錬金術的至福千年説」（'chymical millenariasm', pp. 51–52）は、革命後の王党派によっても政治的理想を叶えるために有益な概念として利用されたのである（Mendelsohn, pp. 43, 49）。これらの錬金術を基本とした医学理論は、王党派と清教徒それぞれが、そのイメージを政治的にも利用しており、超党派的なものであるととらえることができる。

パラケルスス・リバイバル

錬金術の医学的側面は、初期近代の詩人たちにも利用されることとなる。四元を超越するものとしての第五元素の描写が詩作品の中でも見られ、英文学史の上で所謂、王党派や、形而上派に分類される詩人たちは、その第五元素のイメージをより詳細に使っている。彼らをそのような表現に導いた原因の一つとしては、十六世紀までは魔術師としての性格が強かったパラケルススの論文が一六五〇年前後に、数多く英訳、出版されたことが挙げられる。(5) この動きを機に、キリストと賢者の石を同一視し、その効用を取り出す、パラケルススの医学理論が再確認された。黄金練成のための術としてのみ認識される傾向にあった錬金術の医学的側面にアルノー以来再び焦点があてられることとなった。そして錬金術は、身体的、霊的両面での医学の一領域として扱われることになったのである。

十七世紀に英訳が出版されたパラケルススの論文を見ていくことにしたい。『アーキドキシーズ』(Paracelsus, *His Archidoxis: Conspired in Ten Books*, 1660、以下 *Archidoxis* と記す）は、錬金術によって取り出される第五元素や毒因論について述べられた論文である。この論文の第一巻で、パラケルススは、「ミクロコスモスにおける神秘」('the Mystery of the Microcosme')を、第三巻では錬金術で言うところの「元素の分離」('the Seperation of the Elements')について述べている。第四巻では「第五元素」('the Quintessence')の浄化作用について論じられ、それがどこから取り出されるかについては、次のように説明されている。

> The Quintessence therefore, is a certain matter Corporally extracted out of all the things, which Nature hath produced; and also out of every thing that hath a life in its self, and is separated from all impurities and Mortality, is most subtilly mundified.
>
> (*Paracelsus, Archidoxis*, p. 64)

> それ故に、第五元素というものは、自然が生み出したすべてのものから、そしてまた、そのものの中に命を持っているすべてのものから質料的に抽出された、確かな物質であり、あらゆる不純物とやがて死にゆくものから分離され、非常に精妙に浄化されている。

更に、「鉱物から取り出す第五元素」('the Extraction of the Quintessence out of Metals')や「成長するものから取り出される第五元素」('the Extraction of the Quintessence out of Growing Things')などの効用が示

されている。賢者の石の医学的効用はまさしく万能薬のそれであって、この秘薬には特に、「浄化する」('purge') 効果や、汚れを「洗浄する」('cleanse') 効果があることが強調されている。

> Philosophers stone [. . .] expels [. . .] so many wonderful Diseases [. . .] Philosophers Stone doth purge the whole Human Body, and cleanse it from all its defilements[.]
>
> (*Paracelsus, Archidoxis*, p. 64)

> 賢者の石は……多くの不可思議な病を……追い払うのだ……賢者の石は人間の身体全体を清め、すべての病の汚染からそれを浄化する。

このようにパラケルススの理論は、賢者の石の医学作用を再認識させるものとなった。ヘンリー・ヴォーンによる、ヘンリー・ノリウスの『ヘルメス医学書』の英訳もこの動向の一部として位置付けることができるだろう。ヴォーンの翻訳ではノリウスは次のような言葉でこの論文を始めている。

> Medicine or Physick is an Art, laying down in certain Rules or Precepts, the right way of preserving and restoring the health of Man-kind. The word Medicine, hath a manifold sense. First, It is taken for some receipt or medicament. So the Philosophicall Stone is termed Medicine. The Lord hath created Medicines out of the Earth, and the wise man will not abhor them.
>
> (Henry Nollius, *Hermetical Physick*, p. 1)

> 薬や医術というものはいくつかの法則や訓戒でしっかりと処方する、ひとつの技、人間の健康を保ち、回復するための正しき方法である。薬という言葉は多重の意を持つ。初めに、それは処方箋や薬物のことを意味する。そ

のために、賢者の石は薬と称されている。主は土から薬をつくられた。だから賢者はそれを拒否することはない。

ノリウスは、「賢者の石」そのものを医学用語として扱っていると言える。また、神が大地に埋め込んだ賢者の石を探し出し、その効用を取り出すことによって人間の病を治癒することが医師の「術」('Art')であるとも唱えている。

第二章では、このような理論を十七世紀の詩人たちがどのように用いて詩作を行ったか、見ていくことにしたい。

第一章　注

（1）Roberts, p. 38. また、ロバーツは、「賢者の石」と聖書の中で建築業者たちによって捨てられた石との比較は、錬金術師によって注解がつけられたものであったことを指摘している。ロバーツは、フラッドが「礎石たるキリスト」('the cornerstone')という言い方を用いていることを指摘している。(Roberts, p. 79)

（2）Roberts, p. 108. Rulandus (1612), p. 197 を参照。

（3）例えば、ベン・ジョンソンの『錬金術師』の中でパラケルスス派の医師は次のように揶揄されており、ジョンソンの時代になってもパラケルススの詐欺師的な面が批判されることがあったことがわかる。

MAM. [. . .] he's a rare physician, do him right,
An excellent Paracelsian, and has done
Strange cures with mineral physic. He deals all
With spirits, he; he will not hear a word
Of Galen; or his tedious recipes.

(Act II, 3, ll. 229–233)

パラケルスス学派の医者は「薬品」もしくは「すべてのエキスの力」を使っていくつもの「奇妙な治療」をやってのけたという。ここでジョンソンが選んだ言葉 'spirit' が暗示するように、一六一〇年のロンドンではパラケルスス学派の医術は魔術的な要素も強く、マモンがこのセリフを語っていることに示されるように、パラケルスス医学は、金銭と結びつく医学療法として認識されていたことが暗に示されている。

（4）アンドレーエの錬金術文献『化学の結婚』とジェイムズ一世の娘の結婚の暗示があるとイエイツは考えている。Yates, pp. 42–43 を参照。

（5）一六五〇年代のパラケルスス・リバイバルについては、アラン・G・ディーバス (Allen G. Debus) の著書『英国のパラケルスス派学者たち』(*The English Paracelsians*) を参照。ディーバスはこの著書の中で、エリザベス朝におけるパラケルススの影響、パラケルススと、ニュートンへつながっていく科学革命との関わりなどを説明している。

第二章

十七世紀英文学と錬金術

第一節
錬金術の二つの現れ方

錬金術師に対する風刺

錬金術師たちがエリクシルを追い求める姿の愚かさは、トマス・ロッジ（Thomas Lodge, c.1558–1625）の「錬金術の解剖」（'The Anatomie of Alchemie'）と題された詩の中に見ることができる。[1] ロッジは錬金術師たちを「いつも硫黄のにおいをさせている」（'smelling brimstone still', l. 49）「かす集団」（'The refuse race', l. 20）「労働に疲れた男たち」（'labour-tyred men', l. 20）と表現し、また、錬金術そのものを「愚かな革新」（'foolish innovation', l. 7）、「自然の力の迫害」（'persecution of natures power', l. 10）と揶揄する。更に、錬金術師たちの目的は、第五元素を強引に「耳をつまんで引きずり出す」ことだと描写される。

Their purpose is to drag out by the ears
A quint-essence to fixe and fashion gold.
To cloth decrepit age with youthly years
To *quicken* plants by nature fruitles old,
But al these promis'd mountains prove a mouse,
These silly idiots plie the fire so fast;
That sodainly they blow up man and house[.]

(Thomas Lodge, 'The Anatomie of Alchemie', ll. 21–27)

彼らの目的は、耳をつまんで引きずり出すことだ、黄金を凝固させて作り出すための第五元素を。
若き年月で老いぼれた齢を覆うために
自然によって年老いた実りのない植物に命を吹き込むために
しかし全てのこれらの約束された山は一匹のねずみと判明する。
これらの愚かな者たちは火をとても早くに積み重ねてしまう、
その結果彼らは人間と家を一気に吹き飛ばしてしまうのだ。

錬金術師たちは黄金を錬成し、不老不死を可能にし、枯れた植物の再生を可能にすると吹聴しているが、それは見せかけに過ぎず、老いの年月に若さの時期という衣を着せている。動詞'cloth'は「第五元素」の効果が本質的な変化ではなく、あくまで表面上の外見の若さをもたらすだけであることを暗示している(*OED*, 'clothe', 8.)。'quicken'という表現は、実りなき自然によって植物に「命を与える」のではなく、逆に植物を死へと「急がせている」と読むこともできる。彼らの行為は、不老不死の薬を得るために植物を摘み取り、死へと追いやるものでもあると解釈できる。本来の自然の速度からの逸脱は、愚かな錬金術師たちが「あまりに急速に」火を燃やす様子としても描かれている。ロッジが「耳によって」('by the ears')と言っているのは、エリクシルもしくは賢者の石を手に入れたと吹聴してまわる詐欺師の口達者な様子を示すものともなっている。以下の表現では、錬金術師たちが言葉巧みに人々を騙し、金銭を手に入れる様子が描かれている。

[. . .] all their science is but complements:
They by their words enritch believing sots,
Whereas in deede they emptie all their chifts,
And where they promise gold, by glutting pots,

(Thomas Lodge, 'The Anatomie of Alchemie', ll. 32–36)

They beg for groats, and part with empty fists[.]

彼らのすべての知識はお世辞だけだ——
彼らは、彼らの言葉で信じている馬鹿者を金持ちにする一方で、
実際のところ、彼らのすべての金庫を空にする。
そして壺を一杯にして黄金を約束しながら、
彼らはグロート金貨を乞い、空虚な悪臭を発しながら去ってゆく。

「彼らの知識はお世辞だけ」であり、人々を騙し、そこで黄金を約束し、わずかな金銭を求め、「空虚な悪臭を発する」('part with empty fists')。[2]

　錬金術師たちは僅かの資金を得るために、「乞い願い、へつらい、そして魂を売る」。ロッジは、彼らの得る富は「鼻汁」だと言って嘲る。パラケルススによれば、それは「体内錬金術師」が排出させる「もっとも呪われた毒であり、それからはリウマチ性のすべての主要な病気がやってくる」のである。[3] 更にロッジは錬金術師が「消えゆく財宝」を得る希望を抱いて、「人間の精神を美徳から引き離し」てしまうことを嘆いている。

Their riches are the dropping of their nose,
Where els beside, the slaves are brought so low;
That for three farthings they will beg, and glose,
And sel their soules & teach what ere they know.
……………………………………
Alas, alas, how vanitie hath power

To draw mens minds from vertue, under hope
Of fading treasures?

(Thomas Lodge, 'The Anatomie of Alchemie', ll. 53–56, 85–87)

彼らの富は彼らの鼻汁の滴、
その奴隷どもはとても低く貶められて、
加えて、その他の場所では、三ファージング硬貨を求めて物乞い、へつらい、
そして彼らの魂を売り何でも知っていることを教えるのだ
……………………………………………
ああ、ああ、なんと虚栄は力を持っていることか？
消えゆく財宝を得る希望のもとに
人間の精神を美徳から引き離すとは。

このようにロッジが行った「錬金術の解剖」は、錬金術師たちの詐欺師的側面を浮き彫りにするものとなっている。

錬金術師たちの骨折り損の原因をトマス・ヴォーンは、『錬金術の真髄』の中で次のように見出している。

What though some varlets of this Art [= Alchemy] do boast,
Who know therin no more then doth an Ape?
They swear, they swagger, as they rul'd the roast,
Alluring such who after wealth do gape,
To trust their oaths and lies, and do disburse
Upon their skill what ere they have in purse.

And when from them their moneys they have
In fine it proves their Art but a cheat,
For what they vaunted, wretches! They have not got,
Their Skill is founded upon errors Seat;
　Then are their-greedy Creditors asham'd
　And curse their craft, yet both are to be blam'd.
(Eugenius Philalethes, *The Marrow Of Alchemy, The First Part, The First Book*, Stanzas 9–10, p. 3)

たとえ、この技の従者たちの幾人かが自慢したって何だ？
奴らは、それについて猿ほどにも知っちゃいない。
奴らは、その焙焼を指図しつつ、誓い、ふんぞり返る。
そして富を渇望するそのような人々を誘惑して、
　奴らの誓いと嘘を信じさせ、何であれ財布の中に持っているものを
　奴らの技に支払わせるのだ。

そして奴らが彼らから彼らの銭を手に入れる時、
遂には、奴らの技がだましに過ぎないことが明らかになる。
奴らが自慢したものを、愚か者よ！　彼らは何も得ないのだ。
奴らの技術は偽りの座の上に築かれている。
　だから奴らのむさぼるような融資者たちは恥をかき
　そして奴らの狡猾さを呪い、両者ともが非難されることになるのである。

トマスが言うには、錬金術師たちは、自らの技術を、「自慢したり、誓ったり、いばったり」しているが、彼らの知識は、せいぜい「猿」('Ape') 程度のものにすぎず、「奴らの技そのものは誤りの座の上に作れられたもの」である。

また、トマスは錬金術師たちを「盲目の愚か者たち」('blind fools') と呼び、「粘土のなかにこの［黄金に変える］効果が隠れていると思っているのか」('Think you this vertur doth lie hid in clay'[. . .]?) と批難し、更には「時期をみて錬金作業をやめ、本当の作業を学べ」('Cease timely, and learn operation true') とも言っている (Eugenius Philalethes, *The Marrow of Alchemy, The First Part, The Second Book*, Stanza 29, p. 61)。実際の錬金術師たちは錬金術の奥義を理解せず、追従者たちからお金を巻き上げるためにその効力に関して、誓いを立てるも嘘で固めているようなことが多く、トマスは富の欲に駆られた者たちの愚かさを批判しているのである。

錬金術師たちの実験は成功することが稀であった。そのことは、ジョン・ダン (John Donne, 1572–1631) の言葉を借りれば、「錬金術師がいまだにエリクシルを手に入れたことはない」('no chemic yet th'elixir got', 'Love's Alchemy', l. 7) という表現にも表れている。また、アンドリュー・マーヴェル (Andrew Marvell, 1621–1678) は、「黄金の収穫を刈り入れるべく準備を整えたものの／器を壊してしまって悲嘆にくれる、とある錬金術師たち」('some sad alchemist, who, prepared to reap / The golden harvest, sees his glasses leap', 'Upon the Death of Lord Hastings', ll. 49–50) を当時国王つきの医者であった「メイヤーン」('Mayerne', l. 48) に重ねている。

錬金術師たちの失敗談は、決して到達することができない試みと重ねて描かれることが多い。例えば、ウィリアム・カートライト (William Cartwright, 1611–1643) の「ノープラトニックラブ」('No Platonic Love') と題された次の詩の中では、精神的な愛が錬金術に、そして精神的な愛の不毛さが錬金術の失敗に喩えられている。

Come, I will undeceive thee, they that tread
　Those vain aerial ways
Are like young heirs and alchemists misled
　To waste their wealth and days;
For searching thus to be for ever rich,
They only find a med'cine for the itch.

(William Cartwright, 'No Platonic Love', ll. 19–24)

さあ、私はあなたの誤りを悟らせよう。あの虚しい空虚な道を
　歩んでいる彼らは、
彼らの富と日々の時間を無駄にするように誤り導かれた
　若き跡取りたちと錬金術師たちのようだ。
なぜならこのように永遠の金持ちになるために探究しても
彼らはかゆみの為の薬しか見つけることができないのだ。

ここでは、若い相続人が財産を浪費する虚しさと、錬金術師が日々の時間を、そして富を浪費してしまうことが並列関係に置かれている。彼らが手に入れるのは一時的に「痒みを麻痺させる程度の薬」であり、富も万能薬も生み出すことはない。この詩の中でカートライトは、プラトニック・ラブが現実では決して成立し得ないものである証拠として、実際には万能薬も黄金も決して作り得ない錬金術を引き合いに出しているのである。

ジョン・ミルトン（John Milton, 1608–1674）の叙事詩『失楽園』（*Paradise Lost*, 1667）の第五巻では、錬金術師たちの愚かさや失敗談が、天使が食物を消化する能力と対比的に暗示されている。既にパラケルス

スは、人間の消化機能を体の中に取り入れたものから「毒」を取り除き、「良いものを体に染まるもの（ティンクトゥール）」に変える「錬金術の技」と捉え、「この錬金術師は胃の中に住んでいる」と書いていた。[4] ミルトンは、錬金術師が「すすけた石炭の火」を使って「最も滓のような鉱石から取った金属でさえも、金鉱から採ったかのように、純金に変えることができる」と信じているならば、天使の「実体を変化させる消化熱」('concoctive heat / To transubstantiate', ll. 437–438) が効力をもつのは何の不思議でもない、とやや皮肉を込めて描写している。[5]

　　　[. . .] if by fire
Of sooty coal the empiric alchemist
Can turn, or holds it possible to turn
Metals of drossiest ore to perfect gold
As from the mine.

(John Milton, *Paradise Lost*, Book V, ll. 439–442)

　　　もしも煤けた石炭の火によって
その実験的な錬金術師が
最も滓のような鉱石から取った金属でさえも、
金鉱から取り出されたような完璧な黄金に変化させる
ことができるなら、もしくは変化させることが可能だと思っているのならば、……

ここで錬金術師につけられた、形容詞 'empiric' は、「実験的な」「経験に基付く」という意味であるが、*OED* は名詞用法として、「にせ医者」('a quack', 2) や「詐欺師、ペテン師」('imposter, charlatan', 2. b.) の意味があることを示しており、錬金術に対する全面的な否定ではないものの、ミルトンの疑念が滑り込んでいる。ここで注目したいのは、天使の持つ消化能力がカトリックの教義である化体説を想起させる'transubstantiate' という言葉によって説明されていることである。清教徒としてのミルトンの政治的、宗教的立場を考えると、もちろんここでミルトンが天使をカトリック信者と重ねているとは考えにくい。彼は、より迷信的ではない新しい種類の変化を想定しているに違いない。しかしともかくも、このカトリック的「実体変化」の力が錬金術的な練成と比喩レベルにおいて平行関係に置かれていることは重要であると思われる。後に述べるように、十七世紀中葉において錬金術は危険思想とみなされる要素があって、それが政治、宗教的な立場と無関係ではないからである。[6]

ミルトンの錬金術そのものに対する両面価値は、例えば、『失楽園』の第三巻に現れている。そこでは、「太陽」が「大錬金術師」('The arch-chemic sun', l. 609) と呼ばれ、「サタン」('Satan') がその太陽に降り立つ。サタンは、「金属であれ宝石であれ地上のいかなるものと比べても」('Compared with aught on earth, metal or stone', l. 592) その場所を「言葉に表しがたいほどに輝かしい」('beyond expression bright', l. 591) と感じ、太陽の表面の石について次のように思いを巡らす。

If stone, carbuncle most or chrysolite
Ruby or topaz, to the twelve that shone
In Aaron's breastplate, and a stone besides
Imagined rather oft than elsewhere seen,
That stone,or like to that which here below
Philosophers in vain so long have sought,
In vain, though by their powerful art they bind
Volátile Hermes, and call up unbound

In various shapes old Proteus from the sea,
Drained through a limbeck to his Native form.
What wonder then if fields and region here
Breathe forth elixir pure, and rivers run
Potable gold, when with one virtuous touch
The arch-chemic sun so far from us remote
Produces with terrestrial humour mixed
Here in the dark so many precious things
Of colour glorious and effect so rare?

(John Milton, *Paradise Lost*, Book III, ll. 596–612)

もし宝石だとすれば、大部分は
ざくろ石、貴橄欖石、アロンの胸当てに輝く十二番目の
ルビーもしくはトパーズ、
加えれば、もう一種の、どこかで見られるというよりも
しばしば想像された石――つまりこの地上で錬金術師たちが長い間
虚しくも探し求めて来たあの石、いや、あれに似た石、
彼らは強力な技術を駆使して、流動する水銀神を縛り、
年老いたプロメテウスを様々な形で縛りもせず海中から
呼び寄せるけれども、ランビキにかけて濾過し、本来の姿に
戻そうとしたりしたが
結局どうにもならなかった石であった。
我々からあれほど遠く離れているあの大錬金術師たる太陽が

一つの効験あらたかな接触で、
この暗闇の中で地上の湿気と混じり合い、
輝かしい色のかくも多くの貴重な物質を作り出すならば、
太陽においてもそこここの野原と他の場所が
純粋なエリクシルを放ち、川が溶けた黄金になって
流れていたとしても、何の不思議があろうか？

サタンが眼にした石は、地上において、「虚しくも」（'in vain'）錬金術師たちが追い求めている「あの石」、即ち賢者の石である。しかし、即座に「もしくはあれに似た石」と付け加えることで、ミルトンの表現は実際に「賢者の石」が存在するのかどうかを最後まで曖昧にしている。ここでミルトンは錬金術師たちが、「ヘルメス」を縛り、また「プロメテウス」を海から呼び出して、「蒸留器」にかけ、もとの形、即ち第一質料にかえすことによってエリクシルを生み出そうとして失敗していたことを、水銀の蒸発性やプロメテウスの変身に言及しながら提示している。これらの表現から、蒸留器の中での錬成や水銀が錬金術において殊更重要視されていたという知識をミルトンが持ち合わせていたことがわかる。地上の錬金術師が失敗を繰り返す一方で、マクロコスモスにおける錬金術師である太陽は「純粋なエリクシル」や「飲用黄金」を生み出している。ここでエリクシルが「純粋な」（'pure'）という語で形容されているのは、太陽による錬金作業によって生み出されるエリクシルの純度が高いことを示す。逆に言えば、地上の錬金術師たちが作り出しているエリクシルには混ざりものが多いこと、さらには、地上にはそもそもエリクシルすら存在しないことが暗に示されているのである。

錬金術の肯定的用法

　錬金術師の行為そのものが批判的に描かれる一方で、錬金術が肯定的に描かれる例も存在する。例えば、恋愛感情を表現する際に、人間というミクロコスモスがなし得る錬金術の一過程として、涙の抽出がしばしば描かれる。王党派の立場を保持し、王政復古期の戯曲作家でもあった、サー・ウィリアム・ダヴェナント（Sir William Davenant, 1608–1668）は叙事詩『ゴンディバート』（*Gondibert*, 1651）の中で、愛のエリクシルが、触れるだけで、全てのものを力強い黄金へと変化させる（'Elixir-Love turns all / To pow'rfull Gold, where it does only touch', The Third Book, Canto the Fifth, Stanza 27, ll. 3–4）と言い、更に、「涙」を「愛のエリクシル」で「眼から抽出された」もの（'extracted through his Eyes / In Love's Elixir, Tears', The Second Book, Canto the Seventh, Stanza 87, ll. 1–2）と表現している。

　また、ダンはパラケルスス医学における第五元素について触れながら、愛という薬の純度について次のように思索している。

[. . .] if this med'cine, love, which cures all sorrow
With more, not only be no <u>quintessence</u>,
But mix'd of all stuffs, paining soul, or sense,
And of the Sun his working vigour borrow,
Love's not so pure, and abstract as they use
To say[.]

(John Donne, 'Spring [Love's Growth]', ll. 7–12)

もしこの薬、愛が、それはもっと多くの嘆きをもってしてあらゆる悲しみを
癒すものであるが、第五元素ではないだけではなく、

あらゆる物質、悩ましい魂や感覚ですべて混ぜられているとしたら、
そして、太陽から愛は彼の役立つ勢力を借り入れるとしたら、
愛は、彼らがかつて言ったほどには純粋でも観念的なものではないだろう。

ダンが実際に手に入れている「愛」という「薬」は、悲しみを癒そうと試みると、悲しみをさらに増し加えるものであり、とても「第五元素」であるとは思えない、とダンは言う。逆説的にいえば、もし仮に、愛が真の「第五元素」そのものであったのならば、それは癒しの効果を持ちうるという理論が、そこでは前提にされている。換言すれば、愛によって抽出される涙が薬として機能するのは、それが、錬金術によって取り出される、純なる第五元素であるためである。

更に、ダンは、「一年で最も短い聖ルーシーの日の夜想曲」('A Nocturnal upon St. Lucy's Day being the Shortest Day')と題された詩の中で、「新しい錬金術」を次のように見出している。

[. . .] I am every dead thing,
In whom Love wrought new alchemy.
For his art did express
A quintessence even from nothingness,
From dull privations, and lean emptiness;
He ruined me, and I am re-begot
Of absence, darkness, death—things which are not.

All others, from all things, draw all that's good—
Life, soul, form, spirit—whence they being have;

I, by Love's limbeck, am the grave
Of all: that's nothing. [. . .]
…………………………
But I am by her death (which word wrongs her)
Of the first thing nothing the elixir grown.
(John Donne, 'A Nocturnal upon St. Lucy's Day being the Shortest Day', ll. 12–22, 28–29)

僕はすべての死んだものだ。
その中で愛が新しい錬金術を行ったのだ。
なぜなら彼の術は、無からでさえ第五元素を
搾り出したのだ、重い喪失から、そして不毛の虚無から。
彼は僕を崩壊させた、そして僕は再び生じさせられたのだ、
不在、暗闇、死――存在しないものから。
ほかのすべてのものは、すべてのものからすべての善い物――
生命、魂、形相、霊――を引き出す。それらはそれから存在を得るのだ。
僕は、愛のランビキによって、すべてのものの
墓、つまり無となった……
…………………………
しかし、彼女の死（その言葉は彼女を冒涜する）によって僕は
初めのもの、無からエリクシルに成ったのだ。

「愛」は、それを失った話者の「絶望感」や「虚無」をさらなる「死」へと導く。ここでダンはさらなる死、即ち究極の「無」になることを「新しい錬金術」と名付けている。ここでの「エリクシル」は、恋人の死によって最初の無から生成された話者自身である。ラドラムも指摘しているように、聖餐式の際の「実体変化」という極めてカトリック的な教理と錬金術的変化という概念自体との間には相通ずるものがあるが、カトリック教徒の家系で生まれ育てられてきたダンの錬金術の扱い方が、修辞的ではあっても決して冷笑的なものではないことは、注目に値する。[7]

更に、錬金術的イメージが肯定的な、頌徳文の中で使われる例がある。エイブラハム・カウリー（Abraham Cowley, 1618–1667）の「第五オード——我々が暮らす時代、我々の尊敬すべき国王チャールズの御代」（'Ode V: In Commendation of the Time We Live under, the Reign of Our Precious King Charles'）と題された詩の中の以下の表現は、錬金術師たちが失敗を繰り返すことを非難しながらも、チャールズは「鉄」の時代から「黄金」の時代へ変えることができた統治者として錬金術師に喩えられている。

Where, dreaming Chymics, is your pain and cost?
How is your oil, how is your labour lost?
　Our Charles, blest alchemist (though strange,
　Believe it, future times), did change
　　The iron age old
　Into an age of gold.

(Abraham Cowley, 'Ode V', ll. 32–37)[8]

どこに、夢見る錬金術師たちよ、お前たちの骨折りと代価が
あるというのか？
どうやって、お前たちの油が、どうやってお前たちの苦労が

失われているか？
我々のチャールズ、祝福された錬金術師は（奇妙だけれど
それを信じたまえ、未来の時よ）変えたのだ、
　古の鉄の時代を
　黄金の時代へと。

カウリーは、チャールズ一世のことを「祝福された錬金術師」と呼び、賛美している。ここでカウリーは、「奇妙ではあるが」という句を挿入し、通常の錬金術の信憑性を疑いつつ、チャールズ一世が時代を錬成する不思議な技を持っていると言って褒め称えるのである。興味深いことに、この錬金術的イメージは、同時代の歴史的文脈の中で使われている。この詩は次のように始まっている。

Curst be that wretch (Death's factor sure) who brought
Dire swords into the peaceful world, and taught
　Smiths, who before could only make
　The Spade, the Plowshare, and the Rake;
　　Arts, in most cruell wise
　　Mans life t'epitomize.

Then men (fond men, alas) rid post to th'grave,
And cut those threads, which yet the *Fates* would save.
　Then *Charon* sweated at his trade,
　And had a larger ferry made;

Then, then the silver hair,
　Frequent before, grew rare.
Then revenge married to *ambition*,
Begat blacke *Warre*[.]
(Abraham Cowley, 'Ode V', ll. 1–14)
あの卑劣漢（死の確かな遂行者）に呪いあれ、そいつは
平和な世界に恐ろしい剣を持ち込み、教えたのだ、
　以前は、鋤、犂、熊手しか
　作らなかった鍛冶屋たちに
　　最も残酷な方法で、
　　人間の人生の縮図を作り出すための技術を。

だから人間たちは（ああ、愚かな人間たちよ）墓に向かって早馬に乗って行く。
そして運命の女神ですら容赦するであろうあの糸を切るのだ、
　そうして三途の川の渡し守カロンは彼の仕事に汗を流し、
　より大きな渡し舟を作ったのだった、
　　そうして、そうして、かつては珍しくなかった
　　白毛が珍しきものとなった。

それから、野心と結婚した復讐が、
黒き戦いを産んだのだ。

もちろん、ここでの「技」('Arts') とは、武器を作る技術のことである。「あの卑劣漢」が「平和な世界」に「剣」を持ち込み、さらに「鋤」や「犂」、「熊手」といったものしか作れなかった「鍛冶屋」にその「技」を教えた時代、つまり人類が堕落した鉄の時代が訪れ、戦乱の世が始まったのである。この詩は「どのような平野や川で、血で書かれた戦争の物語がみられなかったか」('In what Playne or what River hath not beene / Warres story, writ in blood [. . .] seene?', ll. 19–20) と描かれ、また、続く二五—三〇行では、正しきチャールズが剣の怒りを沈黙させたこと、また、チャールズの治世が来る前に生まれた人々は不幸だったことが歌われている。皮肉にも、この詩が書かれた四、五年後の内乱において「鍛冶屋」などの中流層以下の人々がチャールズ一世を断頭台に送ることになる。まさに王党派の人々にとっては「あの卑劣漢」クロムウェルが彼らの「技」を農具ではなく武器を作るものへと変え、黄金時代を再び鉄の時代へと変えてしまうことになるのである。

第二節　ベン・ジョンソンの『錬金術師』

前節で扱った、十七世紀英文学における二つの錬金術の現れ方のうち、錬金術師に対する皮肉を顕著に表すものとしては、ベン・ジョンソンの戯曲『錬金術師』に優るものはない。ジョンソンは、「錬金術師に」('To Alchemist') と題された詩の中では、「たとえお前の偉大な技に関してお前が誇るすべてが真理であるとしても、確実に、自らの意志による貧困が最も多くお前の中に宿る」('If all you boast of your great art be true; / Sure, willing poverty lives most in you', ll. 1–2) と言っているが、戯曲の中でも、錬金術の博士と偽って人々を欺く、サトル (Subtle) を一種の詐欺師として登場させる。また、この戯曲では、狂信的な清教徒の一派に属する牧師、トリビュレーション (Tribulation) と彼に仕える執事アナナイアス (Ananaias) が「宗教的熱狂」('zeal') を唱えている姿も併せて描かれている。[9] 本節では、『錬金術師』の表現を考察する。登場人物の中で、十七世紀の錬金術師たちと彼らをめぐる人々がどのように位置付けられていたかを、特に、ジョンソンの清教徒に対する批判を視野に入れながら、再確認することにしたい。

贋金の鋳造と錬金術奥義の秘匿

この戯曲は、ペストの流行により、一家の主がロンドンを逃げ出し、残る召使が詐欺師サトルを家に招き入れ、錬金術の実験などを行わせるという設定になっている。家の中にあるすべての金属、またロンドン中の金物屋の金属、当時鋳物屋の町だった、ローズベリー街の銅などすべてを黄金に変えてみせよう、と快楽主義者マモン (Mammon) は豪語する (第二幕一場)。また、マモンは、デヴォンシャーやコーンウォールといった、錫や銅の鉱山で名高い地方そのものを黄金の国に変えてしまおう、と次のように言う。

> Yes, and I'll purchase *Deuonshire* and *Cornwaile*,
> And make them perfect *Indies*! you admire now?
>
> (Ben Jonson, *The Alchemist*, Act II. Scene 1, ll. 35–36)
>
> よし、僕はデヴォンシャーとコーンウォールを買い取って
> それを西インド諸島のような完全なる黄金の国に変えてしまおう！ 驚くだろう？

また、マモンは、この「偉大なる薬」である賢者の石が次のような効果を持ちうると述べている。

But when you see th' effects of the great med'cine,
Of which one part proiected on a hundred
Of *Mercurie*, or *Venus*, or the *Moone*,
Shall turne it to as many of the *Sunne*;
Nay, to a thousand, so ad infinitum[.]

(Ben Jonson, *The Alchemist*, Act II. Scene 1, ll. 37–42)

しかし、お前が偉大なる薬の力を見れば［驚くだろう！］
それは一かけらで、それの百倍の
水銀、銅、銀が
それと同等の量の黄金に変わる、
いや、千倍も、万倍も、無限大に。

ここでは「偉大なる薬」と呼ばれているが、錬金術によって得られる秘薬は「エリクシル」「石」「薬」「水銀」など、様々な呼び名を持つ。以下のサーリーの台詞は、その呼び名の多様性が錬金術師同士のコミュニケーションさえ難しくしていることを茶化している。

What else are all your termes,
Whereon no one o' your writers grees with other?
Of your *elixir*, your *lac virginis*,
Your *stone*, your *med'cine*, and your *chrysosperme*,
Your *sal*, your *sulpher* and your *mercurie*,
Your *oyle* of *height*, your *tree of life*, your *bloud*,

Your *marchesite*, [. . .]

でなければ、あなた方の用語は皆何だと言うのだ?
それに関してあなた方の物書きのうち一人だって他の人の用語と一致しないではないか?
エリクシル、聖母の乳、
石、薬、黄金の種子、
塩、硫黄、水銀、
高地の油、生命の樹、血液、
白鉄鉱……

(Ben Jonson, *The Alchemist*, Act II, Scene 3, ll. 182–188)

錬金術師の立場を取るサトルが言うには、このように、用語が「専門家の間でもお互いに違っている」のには、一つの意図があって、それは、「錬金の奥義を秘匿するために専門家がそういう方法を使った」('And all these named, / Intending but one thing; which art our writers / Used to obscure their art', Act II, Scene 3, ll. 197–199) からなのである。ジョンソンの隠秘主義への言及はパラケルススの以下の論に準じたものということができるだろう。

The Philosophers have prefixed sundry most occult names to this matter of the stone, grounded on sundry similitudes.[. . .] they have called it Vegetable, Mineral, and animal, not according to the litteral sence, as is well known to such wise men as have tried the divine secrets and miracles of the same stone.

(Paracelsus, *Paracelsus his Aurora & Treasure of the Philosophers*, p.14)

哲学者たちはこの石の質料に、様々な類似に基付いて、もっとも秘術的な名前をつけた。……彼らはそれを文字通りの意味に応じてではなく、植物、鉱物、そして動物と呼んだ。それは同じ石の神聖な秘密と奇跡を試みたような賢者たちによく知られていることである。

哲学者たち、即ち錬金術師たちが、さまざまな秘術的名前をつけてきたのは、同じ石の神聖な奥義を秘密にしたいためである、とパラケルススは言う。これは、先にみたトマス・ロッジの描写にも通じている。ロッジは、錬金術師たちを「狡猾さの息子たち」と呼び、ヘルメスを「この欺瞞の父」と書いていた。彼らが、曖昧な言葉遣いによって、錬金術の用語を作り出したことは次のように描かれている。

[. . .] some vaine upstarts, (sonnes of subtletie,
As [. . .]
Baco[n], and *Hermes* father of this fraud,
Began the same in termes, and word obscure,
(To[o] studious of deceit and foolish laud,)
Hoping by toyes to make their craft endure[.]

(Thomas Lodge, 'The Anatomy of Alchemie', ll. 67–72)

何人かの虚しき成り上がり者たち（狡猾さの息子たち、
つまり……
ベイコン、そしてこの欺瞞の父である、ヘルメスは、
曖昧な用語と言葉でその学問を始めたのだ。
（欺瞞と愚かな賞賛にあまりにも熱心で）
くだらない物によって彼らの技能を永続させたいと願って。

ロッジの言葉を借りれば、言葉遣いを曖昧にしようとする錬金術師たちの試みは、彼らの技、つまり錬金術を「くだらない物」('toyes')、即ち不可解な専門用語をもってして巧みに存続させようとするものである。錬金術師たちの言葉は真実を隠すのみならず、本質を捻じ曲げるものであり、彼らの詐欺行為は言葉にまで及ぶことを暗に示している。それ故に、『錬金術師』の中では、錬金術に懐疑的なサーリーは、「錬金術はゲームに過ぎない」ことを次のように述べる。

Rather then I'll be brai'd, sir I'll beleeue
That *Alchemie* is a pretty kind of game,
Somewhat like tricks o'the cards, to cheat a man,
With charming.

(Ben Jonson, *The Alchemist*, Act II, Scene 3, ll. 179–182)

すり潰されたくはないさ。旦那、おいらが信じているのは、
錬金術は、まじないで人をだますための
技巧を弄する類のゲームに過ぎなくて、
何かトランプの奇術みたいなもんだ、ってことさ。

「錬金術」とは、人を欺くための術であって、それに踊らされる人々は一種の「まじない」によって眼をくらまされているだけだ、と言うのである。

実践的錬金術の工程と実験

また、ジョンソンの描写は、実践的錬金術の工程を観客に見せるものとなっている。サトルは、第二幕五場で、召使である助手役のフェイスに「学者らしく錬金術の用語で答えるように」('Answere, i'the language', Act II, Scene 5, l. 19) と言い、「実験における金属の苦悩および殉教の過程」('the vexations, and the martyrizations / of metals', Act II, Scene 5, ll. 20–21) を説明するように要求する。それでフェイスは更に「分解／溶解、洗浄、昇華、／再溜、煆焼、蠟化／及び凝固」('*Putrefaction*, / *Solution*, *Ablution*, *Sublimation*, / *Cohobation*, *Calcination*, *Creation*, and / *Fixation*', Act II, Scene 5, ll. 21–24) といった錬金術の工程を述べる。彼らの会話の中で、「黄金」を「再生」するためには「死して変質する」必要があることが示され、更にそれは次のように続けられる。

SVB. What's the proper passion of mettals? FAC. *Malleation*.
SVB. What's your *ultimum supplicium auri*? FAC. *Antimonium*.
SVB. [. . .] And what's your mercury?
FAC. A very fugitive, he will be gone, sir.

(Ben Jonson, *The Alchemist*, Act II, Scene 5, ll. 29–32)

サトル　金属特有の受難とは何か？　フェイス　その被鍛性です。
サトル　黄金に対する究極的刑罰とは何か？　フェイス　そのアンチモニによる合金です。
サトル　……それでお前の水銀とやらは？
フェイス　まさに亡命者です、彼はすぐに逃げ去ってしまいます。

この記述は、ロジャー・ベイコンによる『錬金術の鏡』の中で示された錬金術の工程に忠実に従ったものになっている。そしてサトルに拠れば、「賢者の石」('*lapis philosophicus*', Act II, Scene 5, l. 40) とは「石にして石にあらず、／霊、魂、肉体の三位一体」('not / A *stone*; a *spirit*, a *soule*, and a *body*', Act II, Scene 5, ll. 40–41) であるという。

　ジョンソンの表現がパラケルススをはじめとする錬金術師たちの理論に準じていることは、アダム、モーセ、ミリアム、ソロモン等が錬金術を修め、賢者の石を持っていたという、次のような描写の中でも見ることができる。

MAM. I'll shew you a book where MOSES, and his sister,
And SALOMON haue written of the art;
I, and a treatise penn'd by Adam.　　SVR.. How!
MAM. O' the Philosopher's stone, and in *high-Dutch*.
SVR. Did ADAM write, sir, in High Dutch?　　MAM. He did:
Which proves it was the primitive tongue.
(Ben Jonson, *The Alchemist*, Act II, Scene 1, ll. 82–86)

マモン　モーゼとその妹、並びにソロモンが、この術に関してして書いた書物を見せてあげよう、それに、
ああ、アダムによって書かれた論文もある。　　サーリー　何と！
マモン　賢者の石について、高地ドイツ語で書かれている。
サーリー　アダムが高地ドイツ語で書いたのですか？　　マモン　その通り、
これで最初の言語であることが証明されているようなものだ。

ここでは、アダムが錬金術の論文を「虫が食わないために長持ちする」('Will last 'gainst wormes', l. 88) よ

うに、「ヒマラヤ杉の板に」('On cedar board', l. 87) に、「高地ドイツ語」で書いたという説をマモンが信じている設定になっている。[10] パラケルススは、論文『パラケルススの賢者の暁と秘宝』を「賢者の石の起源」('Of the Original of the Philosophick Stone') の章で始め、「アダムは技の最初の創始者である、なぜなら、彼はすべての知識を持っていた、堕落以前の、そして堕落以後の知識を」('Adam was the first Inventor of Arts, because he had the knowledge of all things, as well after the fall as before the fall', p. 1) と論じている。

「エリクシル」の効果——若返りと伝染病の治療

賢者の石、つまりエリクシルは長寿をもたらすと考えられていたが、『錬金術師』の中では、「若返り」の力を持つことがマモンによって観客に提示される。

[. . .] MAM.　　I assure you,
He that has once the *flower* of the *sunne*,
The perfect *ruby*, which we call *elixir*,
Not onely can doe that, but by it's vertue,
Can confer honour, loue, respect, long life,
....
I'll make an old man, of fourscore, a childe.
....
　　[. . .] as our *Philosophers* haue done
(The ancient Patriarkes afore the floud)

But taking, once a weeke, on a kniues point,
The quantitie of graine of mustard, of it:
Become stout MARSES, and beget yong CVPIDS.

(Ben Jonson, *The Alchemist*, Act II, Scene 1, ll. 45–50, 53–61)

マモン　僕は誓っていうさ、
あの太陽の花、完全なるルビーを、
もしくは我々がエリクシルと呼ぶところのものを持つ人は、
霊験あらたかなその力によって、それ［若返り］ができるだけでなく、
名誉、愛情、尊敬、そして長寿を得ることができるのだ。

……

八十歳の老人を子どもにしてみせよう。

……

　我が錬金術師たち、（ノアの洪水より前の
族長たち）が行ったように、
ただ一週間に一回、そのけしの粒ほどの賢者の石を
ナイフの先で試みて、頑丈なマルスになれ、
そして若いキューピッドたちを産むがよい。

この会話の中で、マモンは、ノアの洪水以前の族長たち、即ち旧約の人々の長寿またはその生命力を、賢者の石によるものであると主張している。即ち、賢者の石の一部だけを飲用すれば、若返りの効果が期待できるのである。

　この若返りの効用とともに、錬金術によって得られる秘薬はペストをはじめとする伝染病の治療効果も

持っている。

MAM.　'Tis the secret
Of nature, naturiz'd 'gainst all infections,
Cures all diseases, coming of all causes;
A month's griefe, in a day; a yeers, in twelue;
And, of what age soeuer, in a month.
Past all the doses, of your drugging Doctors.
I'll vndertake, withall, to fright the plague
Out o'the kingdome in three months.

(Ben Jonson, *The Alchemist*, Act II, Scene 1, ll. 63–70)

マモン　これこそは
すべての感染病に対する、特別な性質を授けられた自然の神秘、
いろいろな原因によって引き起こされる、すべての病を治癒するもの。
一月の苦痛は一日のうち、一年のものは十二日のうち、
苦しみがいかなる長さであろうと、わずか一月のうちに。
あなたの医者のすべての薬など
足元にもおよばない。その上この王国からペストを一掃する仕事を三か月でやって見せましょう。

マモンは更に、「毎週、一つの家に一包」('Weekly, each house his dose', Act II, Scene 1, l. 75) とも豪語する。ジョンソンは、賢者の石が「伝染病を治療する」('cure the plague') 効果をもつというパラケルススの理論を下敷きにしている (Paracelsus, 1659. pp. 91–92)。そもそもこの戯曲は、ペストの流行で逃げ出し

た主人、ラブウィット (Lovewit) の留守中に、サトルがその館を乗っ取ったかたちで錬金術を行うという設定になっている。ここでの発言は、ペストがエリクシルで一掃されれば、そのために劇場閉鎖の憂き目にあっていた役者たちが喜ぶ、ということであるが、皮肉にも、ペストという流行り病を利用し、一人の召使であるサトルが主人不在の館を一種の劇場と化しているのである。さらに言えば、当時、偽エリクシルのようなペストの特効薬を売りつけることで、マモンのように、荒稼ぎをしようと試みている連中がいたことを観客に再確認させるものとなっている。

悪魔の錬金術

第三幕一場では、錬金術師サトルに対して不信感を抱くアナナイアスが、牧師トリビュレーション・ウォールサムに対し、「彼はカナンの言葉を話す異端者なのです」('He is a *heathen*, / And speaks the language of *Canaan*, truly', Act III, Scene 1, ll. 5–6) と言い、加えて、サトルの「額には野獣の印」('The visible marke of the Beast in his fore-head', Act III, Scene 1, l. 8) があること、「彼の石は地獄の実験である」('his *Stone*, it is a worke of darknesse', Act III, Scene 1, l. 9) こと、さらには、彼が錬金術の「哲学をもって、世の人々の眼を盲目にさせている」('[he] with *Philosophie*, blinds the eyes of man', Act III, Scene 1, l. 10) ことを訴える。[11] この主張に対し、トリビュレーションは、サトルが確かに「邪教の輩であると思っている」('I thinke him a prophane person', Act III, Scene 1, l. 7, p. 341) にもかかわらず、「聖なる目的を推進するものであれば、／あらゆる手段に精力を傾けねばならない」('we must bend vnto all meanes, / That may give furtherance, to the *holy cause*', ll. 11–12) と述べる。アナナイアスは「聖なる目的のためには神聖なる手段を選ぶ必要がある」('the *sanctified* cause / Should haue a *sanctified course*', Act III, Scene 1, ll. 12–13) と反

論するも、勢力を拡大したいトリビュレーションは、地獄の実験である錬金術を行っているサトルは一時的に異端者になってはいるが、実験を終えればトリビュレーションらの宗派の信者になる理由を次のように述べる。

The children of perdition are, oft-times,
Made instruments euen of the greatest workes.
Beside, we should giue somewhat to mans nature,
The place he liues in, still about the fire,
And fume of mettalls, that intoxicate
The braine of man, and make him prone to passion.
Where haue you greater *Atheists*, then your Cookes?
Or more prophane, or cholerick, then your Glasse-men?
More *Antichristian*, then your Bell-founders?
What makes the Deuill so deuillish, I would aske you,
Sathan, our common enemie, but his being
Perpetually about the fire, and boyling
Brimstone, and arsnike?

(Ben Jonson, *The Alchemist*, Act III, Scene 1, ll. 16–27)

地獄の子どもたちが、
最も偉大なる仕事の道具にさえなることも度々あるのだ。
それに、我々は、いくらか人の性格に譲歩してやるべきだ。
つまり、彼が暮らしている場所だ。いつも火と

金属を溶かす時の煙の間であれば、それが人間の脳を、
汚染するのだ。また激情に駆られやすくなる。
何処でお前は料理人よりもひどい不信心者を、
もしくは、ガラス職人よりももっと神を恐れぬ怒りっぽい人を、
鐘をつくる職人よりもっと神を罵る敵を、見つけることができよう？
私はお前に問うが、何が悪魔、我々みなの敵、サタンを
そんなにも悪魔らしくさせたのか？
それは、火と煮えたぎる硫黄と砒素の傍に
絶えずいたこと以外に理由はないのだ。

ここでのトリビュレーションの理論は、かつては天使であったサタンが悪魔になった原因は、絶えず「火のかたわら」にあって「硫黄」と「砒素」を燃やしていたからだというものである。それと同じように「料理人」が不信心であること、「ガラス職人」が怒りっぽいこと、「鐘造り職人」が神を罵る敵であることなど、すべてが「絶えず火や煙のそばで暮らして」いることが原因であると述べる。トリビュレーションの言葉を借りれば、彼らはそのせいで「脳が毒され、激情にかられやすくなる」。先に見た、チョーサーやロッジが、錬金術師はたえず「硫黄のにおい」('smel of brymstoon', Chaucer, 'The Canon's Tale', l. 885; 'smelling brimstone still', Lodge, 'The Anatomy of Alchemy', l. 49) を発していると書いたが、まさしく硫黄とは地獄の臭いである。従って、錬金術師サトルという「地獄の子どもたち」の一人が賢者の石を完成させ、実験のための炎から離れられれば、「最も偉大な仕事の道具」、つまり神の御業を果たす助けになるとトリビュレーションは信じており、次のようにも述べている。

We must await his calling, and the coming
Of the good spirit. You did fault, t'vpbraid him
With the Brethrens blessing of Heidelberg, waighing
What need we haue, to hasten on the worke,
For the restoring of the *silenc'd Saints*,
Which ne'er will be, but by the *Philosophers stone*.
And, so a learned *Elder*, one of *Scotland*,
Assur'd me; Aurum *potabile* being
The onely med'cine, for the ciuill *Magistrate*,
T'incline him to a feeling of the cause:
And must be daily vs'd, in the disease.
ANA. I have not edified more, truly, by man;
Not, since the *beautifull light*, first, shone on me:
And I am sad, my zeale hath so offended.

(Ben Jonson, *The Alchemist*, Act III, Scene 1, ll. 34–47)

我々は彼の召命と善き霊がやって来るのを
待たねばならないのだ。お前も信者仲間のハイデルベルクの
祝福のことで、彼を非難したのはお前の失敗だ。
沈黙を強いられている聖者たちの回復のためのその仕事を急がせるために、
我々が何をする必要があるかを熟考したのだろうがな。
その仕事は、賢者の石がなくては決してなしえないのだ。
それに、スコットランドの学識ある長老も、
私にこのように念をおした、俗の役人どもにとって飲用金が、

唯一の薬であると。
彼をその大義のために働こうという気分にさせるためには、
そして、その病に日常的に使わなければならないのだ。
アナナイアス　私はこれ以上本当に、人間によって教えを得たことはありませんでした、
祝福の美しい光が初めて私の上に輝いて以来。
そして私の熱意がとても攻撃的になってしまったことを悲しく思います。

賢者の石を手に入れて布教活動を行おうと目論んでいるトリビュレーションは、理不尽な「沈黙を強いられている聖者たち」即ち職を追われ、英国内での説教を禁じられた非国教派聖職者の復位のためには、「飲用金が／唯一の薬になる」つまり賄賂を握らせることが布教にとって一番の効果があると考えている。この戯曲の中では、清教徒たちが錬金術師を利用しようとするように、錬金術師も清教徒を利用しようとする。サトルは、次のような皮肉混じりの独白で賢者の石を手に入れようとしているアナナイアスに対する策略を観客に示す。

[. . .] Now,
In a new tune, new gesture, but old language.
This fellow is sent, from one negotiates with me
About the *stone*, too; for the *holy Brethren*
Of *Amsterdam*, the *exil'd Saints*, that hope
To raise their *discipline*, by it. I must vse him
In some strange fashion, now, to make him admire me.

(Ben Jonson, *The Alchemist*, Act II, Scene 4, ll. 26–32)

さあ、
新しい口調、新しい身振りで、しかし古き言葉で［演技しよう］。
この徒弟はあの人から送られてきたのだ、私と
その石についての交渉もやっている人から。彼らの教会規律を
その石によって高めようと目論んでいるアムステルダムの
聖なる同胞、故国を追われた聖人たちのために。
私は、何らかの奇妙なやり方で彼を使わなければならぬ。
さあ、自分を崇めるようにさせてやろう。

ここでの「故郷を追われた聖人たち」とは清教徒たちのことである。ジョンソンは、清教徒たちがまだ虐げられた状態であることを示し、その状態であるが故に賢者の石の力を借りることで宗教の勢力までももり立てようと試みていることを、サトルの次のような台詞の中で描き出している。

SVB. This qualifies, most!
Why, thus it should be, now you vnderstand.
Haue I discours'd so vnto you, of our *Stone*?
And of the good that it shall bring your cause?
Shew'd you [. . .]
…………………………………
That euen the med'cinall vse shall make you a faction,
And party in the realme? As, put the case,
That some great man in state, he haue the gout,

Why, you but send three droppes of your *Elixir*,
You helpe him straight: there you haue made a friend.
Another has the palsey or the dropsie,
He takes of your incombustible stuffe,
Hee's young againe: there you haue made a friend.
……………………………………
[. . .] still
You increase your friends.

(Ben Jonson, *The Alchemist*, Act III, Scene 2, ll.18–32, 40–41)

サトル　これが一番［怒りを］和らげるな！
ほら、このようになるべきだ、さあ、あなたは分かるでしょう。
私があなたに、そう話をしたでしょう、私の石の？
そして、それがあなたの大義にどれほど役に立つかの話を。
私は示しましたよね……
医薬として使うだけであなたに国土で徒党や党派を作らせると。
……………………………………
事例を言えば、こんなふうにです。
誰か国の有力者、彼が痛風に苦しんでいたとする、
ほら、あなたのエリクシルをたった三滴送ると、
あなたはすぐに彼を助けることが出来る、そこであなたには支持者が出来る。
他の人が中風や水腫で苦しんでいるとする、
彼はあなたの不燃性の薬を服用して、

彼はもう一度若くなる、そこであなたには支持者が出来る。

……………………………こうしてずっと

あなたの支持者の数はどんどん増えていく。

このように賢者の石の治療効果や若返りの特効を見せつけることによって、「支持者をつくる」ことができる、とサトルはトリビュレーションを説得しようとする。

宗教的熱狂と錬金術

また、トリビュレーションはアナナイアスに錬金術師サトルが賢者の石を完成させた暁にはその「熱意」('zeal')が神へと向かってゆくかもしれないと述べている。

We must giue, I say,
Vnto the motiues, and the stirrers vp
Of humours in the bloud. It may be so,
When as the *worke* is done, the *stone* is made,
This heate of his may turne into a zeale,
And stand vp for the *beauteous discipline*,
Against the menstruous cloth, and ragg of *Rome*.

(Ben Jonson, *The Alchemist*, Act III, Scene 1, ll. 27–33)

我々は譲歩せねばならない、その動因に。
人間の血液の中の体液を駆り立てるもの、
そうであるならば、
その仕事が終わり、石が完成した際には、
彼の熱は「熱意」にかわってゆくだろう。
そしてわれらの美しき教義を支持し、
ローマの恐ろしく汚れた布とぼろ切れに反するだろう。

ここでの「熱意」とは、アナナイアス自身がもっている「純粋なる熱狂」('pure zeal', Act III, Scene 1, l. 34) と同質のものである。それは一六四〇年代に清教徒が霊感を受けて革命を推し進める際に用いた語であるが、トリビュレーションがいうところの最初の「熱意」は錬金術師サトルが賢者の石に向けている情熱を意味する。ここでは賢者の石を追い求める熱意と「宗教的熱狂」との近似が示唆されていると言えるだろう。[12]

そして、第三幕二場では「連結炉」と「循環塔型炉」の火はとっくに消え、「蒸留器やフラスコ、レトルトやペリカンのほうもすっかり灰になっている」('*Furnus acediae, Turris circulatorius: / Lembeke, Bolts-head, Retort,* and *Pellicane* / Had all beene cinders', Act III, Scene 2, ll. 3–5) と言って賢者の石が完成したことを仄めかすサトルとトリビュレーションは次のような会話を展開している。

TRI　　　　[The Brethren] are ready
To lend their willing hands, to any proiect
The spirit, and you direct.　　SUB. This qualifies more!

TRI. And, for the orphanes goods, let them be valew'd,
Or what is needfull else, to the holy worke,
It shall be numbered; here, by me, the *Saints*,
Throw downe their purse before you.

(Ben Jonson, *The Alchemist*, Act III, Scene 2, ll. 12–18)

トリビュレーション　［信者仲間は］
聖霊とあなたが指示するどんな計画でも
喜んで助力の手を差し伸べる準備ができております。　サトル　［怒りを］ますます薄めましょう！
　トリビュレーション　そして孤児の品物につきましても価値あるものと考えさせていただきます、
もしくは、他に、この聖なる実験に必要な品々は何であれ
数えさせていただきます。ここに私によって、我々聖人たちは、
あなたの前に彼らの財布を差し出します。

アナナイアスに嫌悪感を示すサトルに対し、トリビュレーションはもし「有り余るほどの熱心さ」('too much zeal') がアナナイアスに「踏むべき道を踏み外させた」のであれば、「心からお詫びをしよう」とやってきたのである。更に、サトルが「聖霊」('The spirit') のもとに企てた仕事に対し、「喜んで助力の手を差し伸べる準備ができている」と、また、「聖なる実験に必要な品々は何なりと」お支払いし、自分たち「聖者たち」('the saints') は錬金術に「財布を差し出す」という。ここで、錬金術用語を用いるサトルと、清教徒であるトリビュレーションとでは同じ 'spirit' や 'zeal' という単語の意味が食い違っていることに観客は気付かされるだろう。サトルが言うところの 'spirit' とは錬金術用語で砒素、塩化アンモニア、水銀、硫黄などの「スピリッツ」を意味する。だが、トリビュレーションが意味するのは、清教徒たちが授けら

れていると主張する「霊感」である。そしてサトルの錬金術用語も、トリビュレーションの清教徒の言葉も、錬金術や過激な清教徒主義を信じない者にとっては、本来の聖書の中の「聖霊」の意を捻じ曲げていることになる。サトルは錬金術師として、そしてトリビュレーションは宗教的新興勢力として、それぞれ、'spirit'や'zeal'という語を本来の聖書の中の意とは異なる意を付け加えている。換言すれば、ジョンソンの描写は、清教徒たちの誤った聖書解釈は、偽の錬金術師たちが行っている詐欺行為と変わらないことを示している。言葉の意を捻じ曲げる清教徒たちも、誤った、偽の錬金術師なのである。

清教徒に対するこのような批判は、彼らの説教の描写でより一層強められることになる。サトルは、賢者の石さえ手に入れれば、「ほう」とか「ふうむ」とか、と悩ましげに言わなくて済むとも言う。

SUB. You may be any thing, and leaue off to make
Long-winded exercises; or suck vp,
Your ha, and hum, in a tune. [. . .]
…………………………
TRI. Let me find grace, sir, in your eyes; the man
He stands corrected: neither did his zeale
(But as your selfe) allow a tune, some-where.
Which, now, being to'ard the stone, we shall not need.

(Ben Jonson, *The Alchemist*, Act III, Scene 2, ll. 53–55, 65–68)

サトル　あなたは何にだってなれますよ、長たらしい説教や、
息を吸い込んで、正しい音程で、

「ほう」とか「ふうむ」とか言わなくてもよいのです。

……………………………………

トリビュレーション　あなたの眼の中に慈悲を見出させてください。その男、
彼は懲りて立っております、確かに、彼の熱意は
（しかしあなた自身のように）どこかへ讃美歌を許したりしませんでした。
今や石の完成が間近ですから、我々はそれを必要とはしないでしょう。

清教徒たちはこのような、詐欺まがいの手段をもって、「政界の有力者」や「ご婦人たち」の支持を得て、勢力を拡大しているものの、所詮は、錬金術師たちが働いている詐欺と清教徒たちの布教活動は同質のものであることをジョンソンは暗に示している。

ジョンソンは、錬金術の基本的工程に従って錬金術師たちが実験をしている様子を描き、彼らが得ようとしている「賢者の石」もしくは「エリクシル」は、伝染病の治療や若返りの効果があると考えられていたことを提示している。更に、ジョンソンの『錬金術師』の中では、錬金術師を利用して勢力を拡大しようと企んでいる、清教徒たちに対する批判が描かれている。清教徒たちの「熱狂」(‘zeal’)は、賢者の石を虚しくも追い求めている錬金術師たちの情熱と何ら変わりはない。また、自身の都合に合わせて言葉を捻じ曲げている清教徒たちの聖書解釈は、言葉の真意をあいまいにし、奥義を隠そうとする錬金術師たちと同様の行為でもあることが示唆されていると言えるだろう。狂信的清教徒主義と錬金術が重ねられ、嘲笑されている、この演劇は、十七世紀の中葉、ヴォーンが錬金術のイメージを用いながら詩を書いていた時に、それがいかなる政治的、宗教的意味合いを帯びていたかを理解するために重要な鍵を与えてくれる。

第一章の中で、パラケルスス・リバイバルでは、聖書を錬金術の視点から捉えなおす理論が再確認され

たことを述べたが、この理論は十七世紀の詩人たちの描写の中にも多く取り入れられている。第三章では、十七世紀の作品に描かれた聖書にまつわる記述を錬金術の理論から考察し、錬金術が肯定的に使われ、霊的錬金術として描かれた例を検証していく。

第二章　注

（1）Thomas Lodge, *A Fig for Momus*, sigs. [I^{v}]-I$_{3}$^{v}. ロッジの錬金術の表現については、Maxwell-Stuart, p. 117を参照。マックスウェル＝スチュワートはベン・ジョンソンの『錬金術師』における錬金術師に対する皮肉を指摘した後に、戯曲以外において錬金術師が批判されている例としてロッジの詩の四九―五六行を挙げている。マックスウェル＝スチュワートはガブリエル・プラッツ (Gabriel Plattes, c 1600–1644) のパンフレットで錬金術師たちに対する警告が行われたことにも言及している。Maxwell-Stuart, p. 117: 'And it was against just such social oddities that Gabriel Plattes issued his warning [. . .] in his pamphlet "A Caveat for Alchemists, or a Warning to all ingenious Gentlemen, whether Laicks or Clericks, that study for the finding out of the Philosophers Stone: shewing how that they need not to be cheated of their Estates, either by the perswasion of others, or by their own idle conceits".'

（2）'part with empty fists' という表現は、'part with' を *OED*. 6.c. の 'give off' の意、'fists' を *OED*. sb.2.1. の 'a foul smell, stink' の意で取った。しかし、'part' には 'to give or impart a share' (*OED*. 11.) の意もあり、ここでの表現は「からっぽの取り分を配分する」の意で読むこともできる。

（3）パラケルスス著、大槻真一郎訳『奇跡の医書』一一九頁。

（4）大槻、一一一頁

（5）アラスター・ファウラーは「熱」('heat') という用語を例に挙げ、これは不純物を排除するものであるが、生理学と錬金術の工程が類似していることを指摘している。Fowler, p. 285: 'The analogy between physiological and alchemical processes was regarded as very close: several terms (such as concoction and digestion) were common to both disciplines. In both, 'heat' (l. 437) refined matter and drove off impurities.'

（6）第三章を参照。

（7）吉中 (2015) p. 196 注17を参照。

（8）Abraham Cowley, *Sylva* (1636), sigs. F6–F7. リンデンやマックスウェル＝スチュワート、リンディはこの詩がチャールズ一世に対してささげられたものと解釈をしている。(Linden, p. 169, Maxwell-Stuart, p. 118, Lyndy, p. 16) そのため、本論では、チャールズ一世を謳ったものとしての解釈を試みている。しかし、一七七七年に出版された、*The Poetical Works of Abraham Cowley*, Vol 1. の編者は、この詩をチャールズ二世に宛てたものとしてタイトルを付けており、黄金時代から鉄の時代の変化を清教徒の時代から王政復古期への変化として読んでいる例としてとらえることが出来る。

（9）ジョンソンは、登場人物にそれぞれ意味を持たせた名前を付けている。「サトル」(Subtle) は「ずる賢い男」、「サー・エピキュア・マモン」は「快楽主義者」と「物欲、拝金」すなわち「快楽と拝金の徒」を意味する。ジョンソンは狂信的な清教徒の一派に属する牧師には、「困難」の意を含む、「トリビュレーション」の名をつけ、また彼に仕える牧師に「アナナイアス」という名を与えている。アナナイアスは「使徒列伝」第五章一—一一節で、妻と共謀して自身の財産をごまかそうとしたアナナイアスの名からとったものと考えられている。これは、当時の清教徒たちが、人間は原罪を背負って生まれて来る以上、聖書の中の罪びとの名を子供に命名するのが当然であると考えていた思想を反映している。登場人物の名については、大場、七—九頁、ジョンソンの『錬金術師』における錬金術思想については Linden, pp. 118–131 を参照。

（10）パラケルススが錬金術の理論を発表したのは、高地ドイツ語によってであり、ここではパラケルススの理論がアダムの錬金術を示唆するものとして言及されている。またロジャー・ベイコンはヘルメスの奥義は、エメラルド・タブレットに書かれていると論じている。Bacon, p. 16: 'The Wordes of secrets of *Hermes*, which were written in a Samaragdine Table, and found betweene his hands in an obscure vaute, wherein his body lay buried.'

（11）アナナイアスがサトルを「カナンの言葉を話す異端者だ」と主張している背景については Adams, p. 218: 'As a consequence of their addition to the prophecies in the Book of Revelation, the Puritans sought in their enemies the mark of that "beast" who they thought stood in the way of Christ's second coming.' を参照。

（12）この「宗教的熱狂」は、ジョンソンの時代の清教徒たちが自分たちの熱心さを訴えるために肯定的に使った用語であるが、宗教戦争後には、内乱を起こし、チャールズ一世の処刑に持ち込んだ清教徒たちの過激さを王党派詩人たちが批判する用語となった。'zeal' の概念と錬金術の関係についてはさらに第三章で述べる。

第三章

聖書と錬金術

第一節　聖書をめぐって

聖文とエリクシル

ヴォーンは「聖文」('H. Scriptures') と題された詩の中で聖書と錬金術を次のように結び付けて描いている。

In thee the hidden stone, the Manna lies,
　Thou art <u>the great *Elixir*</u>, rare, and Choice;
　The Key that opens to all Mysteries,
The *Word* in Characters, God in the *Voice*.

(Henry Vaughan, 'H. Scriptures', ll. 5–8)

あなたの中に、隠された石、マナがある、
　あなたは偉大なるエリクシル、貴重で、選ばれしもの
　すべての神秘をあける鍵
文字の中の言葉、声となった神

詩人は、聖文の中に「抜粋された天国」('Heav'n extracted', l. 2) があるという。'extract' は「抜粋する」の意に加え、錬金術でいうところの精髄を「抽出する」意を伴っており、天国が抽出されるという錬金術のイメージが追加されている。また、ヴォーンは聖書の中の神の言葉を「隠された石」、「マナ」そして

「偉大なるエリクシル」と言い換えている。「隠された石」とは勿論神秘的な賢者の石のことであり、ベーメが、荒野をさまようイスラエルの民の信仰心について「肉体は、人が治ることが出来るかどうか試すために、マナを食べなければならない」('the body must eat *Manna* to try whether Man could be remedied', Jacob Boehme, *Signatura Rerum*, p. 132)、と述べているように、神秘主義思想の文脈においては、「マナ」そのものが一種の薬剤であると考えることが出来る。そして「エリクシル」はジョージ・ハーバート(George Herbert, 1593–1633)が以下のように描写している石であることは言うまでもない。

This is the famous stone
That turneth all to gold:
For that which God doth touch and own
Cannot for less be told.

(George Herbert, 'The Elixir', ll. 20–24)

これは、すべてのものを黄金へと変える、
あの有名な石だ。
なぜなら神が触り、認めるものは、
それ以下に卑しいものとして語られるはずがないからだ。

この詩の中でハーバートは、全ての中に神を見出す技を知ろうと試み、すべての卑しき物事も、神のために行われれば、神聖なものになると言い、神の絶対的な力を一種の錬金術として描いている。ギリシャ神話のミダースは、手に触れるものをことごとく黄金にする力を持っていたが、ハーバートの神もまた、霊的な意味での黄金を作り出す力を持っている。'touch' には「触れる」という意味と共に、「試金石でためす」という意味があるが、人が黄金になったかどうかを試すのは、神という試金石なのである。また、ヴォーンは、聖書の中の言葉、即ち神の言葉こそが、錬金術によって取り出された第五元素であり、それが「すべての神秘」を解く鍵である、と錬金術の文脈で表現している。ヴォーンは物質的には紙とインクでできているにすぎない聖書に一種の錬金術を施し、神の声という第五元素を取り出そうと試みているのではないかと考えられる。本章では、まず、錬金術文献における聖書の描写を確認する。また、ヴォーンが描く人間の堕落と救済、そして新しい光（New Light）の概念を錬金術の文脈から再考察していくことにしたい。

錬金術文献と聖書

ダンは「聖書の中に錬金術を見出すことのできる人たちもいる」（'in the Bible some can find out alchemy', 'Valediction: Of the Book', l. 54）と言っているが、十七世紀の多くの錬金術論文は、聖書のエピソードを錬金術的に解釈する試みをしばしば行っていた。例えば、『パラケルススの賢者の暁と秘宝』（*Paracelsus His Aurora & Treasure of the Philosophers. The Water-Stone of the Wise Men; Describing the matter of, and manner how to attain the universal Tincture*, 1660）の中でも、聖書の中に「この天の石の第一質料」（'the first matter of the heavenly stone'）の説明が見出されることが主張され、聖書とキリスト、そして「石」の関係が以下のように述べられている。

[In] the eternal Word of God, and the holy divine Scriptures of the Old and New Testament [. . .] the right, celestial, fundamental Corner-Stone is to be Only and Solely sought for and enquired after; [. . .] And Christ himself that said

Corner-[stone] doth in John 5. partly also require it, when he saith, *Search the Scriptures, for ye think to have life therein, and that is it which testifieth of me.*　(*Paracelsus, His Aurora & Treasure of the Philosophers*, pp. 149–150)

神の永遠なる言葉、旧約そして新約聖書の清らかな聖文の中において……、正しき、神々しき、不可欠な隅石がただ唯一探され、探究されるべきである。……そして「聖書の中を調べよ。なぜならあなた方はその中に永遠の命があると思っている、そしてそれこそが私の証をするものである」と彼が言うとき、あの前述の隅石であるキリスト自身もヨハネ第五章でそれを部分的に要求しているのである。

また、パラケルススは、この論文の第一章「賢者の石の起源」（'Of the Original of the Philosophick Stone'）の中で、アダムは堕落以前のすべての物事についての知識を持っていたため、錬金術を含む万物の法則の発見者であったことを論じるとともに、モーセやノアをも同じ文脈の中でその知識の継承者として語っている。

Adam was the first Inventor of Arts, because he had the knowledge of all things, as well after the fall as before the fall, from thence he presaged the worlds destruction by water; Hence also it came to pass that his Successors erected two tables of stone, in the which they ingraved all Natural Arts, and that in Hieroglyphical Characters, that so their Successors might also know this presage, that it might be heeded, and provision or care made in time of danger. Afterwards, Noah found one of the tables in *Armenia* under the Mount Araroth, when the deluge was over[.]　(*Paracelsus, His Aurora & Treasure of the Philosophers*, pp. 1–2)

アダムは最初の錬金術の発明者であった、なぜなら彼はすべての物の知識を得ていたからだ、堕落の後と同様に、堕落の前においても。そこから彼は水による世界の崩壊を予言したのであった。それ故に次のようになったのである。彼の後継者は二つの石板を打ち立て、その中に彼らはすべての自然の技を彫り込んだ、しかも神聖文字で。彼らの後継者たちもまたこの予言を知るように、危険な時に注意が払われ、用意や配慮ができるように、である。後になって、ノアはアルメニアのアララト山のふもとで洪水が収まったとき、このうちの一つの石板を見つけた。

また、パラケルススは、医師としてのキリストの側面を示し、「イエス・キリストは唯一の、そしてただ一人の、人類を罪の精神的らい病から浄化できる救い主であり仲介者である」('Christ Jesus is the only and alone Savior and Mediator, in whom, and by whom, we are [. . .] purified from the Spiritual Leprosy of sin,' p. 179) と説き、更に、エペソ人への手紙第二章第二十節「キリスト・イエスご自身が隅のかしら石である」('Jesus Christ himself being the chief corner stone') を想起させつつ、キリストをこの世の「賢者の石」として読み替えている。ロバーツに拠れば、「賢者の石」と聖書の中での捨てられた石との比較は、しばしば錬金術師によって注解がつけられるものであった。ロバーツは、フラッドが「礎石たるキリスト」('Christ the cornerstone') という言い方を用いていることを指摘している (Roberts, p. 79)。またパラケルススも次のように言っている。

Corner-stone Jesus Christ may be compared with the terrene Philosophical Stone of the wise men, the matter and preparation whereof is [. . .] a notable type and lively counterpoise [. . .] of the divine assumption of humane flesh in Christ.

(*Paracelsus, His Aurora & Treasure of the Philosophers*, p. 176)

隅石であるイエス・キリストは地上の賢者の石と比べられる。その物質と準備段階はキリストにおける神聖な受肉の顕著な予表であり、生きた相当物である。

ここでパラケルススは、「賢者の石」とキリストを結び付けるのみならず、その生成をキリストの受肉に重ねている。こうして、彼が唱えた、堕落前のアダムが錬金術師であったという考えや、キリストの生誕、磔刑、復活を賢者の石の生成過程に重ねる理論が再認識されることになった。

ヤコブ・ベーメの『シグナトゥーラ・レールム――万物の誕生と徴について』の英訳序文の中で、序章でも触れたが、エリストンは、キリストが「隅石」、即ち霊的な賢者の石であり、霊的な治療を可能にすることを次のように述べている。

> [. . .] *by way of Parable or Similitude the Philosophers* Stone *is lively described for the Temporal Cure; and along with it the Holy* Corner Stone, Christ alone, *for the Everlasting Cure, Regeneration and perfect Restitution of all the true, faithful, eternal Souls.*
>
> (Jacob Boehme, *Signatura Rerum*, [A4])

比喩や喩えを用いられながら、賢者の石は一時的な癒しのために、生き生きと描かれる。そしてそれとともに聖なる隅石であるキリストだけが永遠の癒し、再生、そしてすべての真の忠実な永遠の魂の完璧な回復のために描かれるのである。

ベーメ自身は、堕落以前の人間が神の似姿を持ち、黄金であったと考えている (Boehme, p. 29)。そして、堕落後の人間は「粗悪な鉱石」('the gross Oar') であり、人間の内部に黄金が隠されている状態になっている。その内部の黄金をもう一度取り出すのが錬金術師としてのキリストの贖罪の力であることを次のように論じている。

> He [= Man] is as the gross Oar in Saturn, wherein the Gold is coucht and shut up; His Paradisical Image is in him, as

if it were not, and it is also not manifest, the outward Body is a stinking Carkass, while it yet liveth in the Poyson: He is a bad thorny Bush, whence notwithstanding fair Rose-buds may bloom forth, and grow out of the Thorns, and manifest that which lieth hidden, and shut up in the wrathful poysonful *Mercury*, so long till the Artist who hath made him take him in hand, and bringeth the living *Mercury* into his Gold or Paradisical Image disappeared and shut up in Death[.]

(Jacob Boehme, *Signatura Rerum*, p. 76)

彼は鉛の中では粗悪な鉱石のようである、その中で黄金は隠され、閉じ込められている。彼の天国の似姿は彼の中にあるのだ、まるでそれがないかのように、そしてそれは現れないかのように。それが毒の中でまだ生きている間、外部の体は悪臭のする死体である。彼は悪い、とげのある茂みであるが、それにも関わらず、そこからきれいな薔薇の芽が花を開かせ、棘のある低木を抜け出して成長する、そして隠された、気性のあらい毒の水銀の中で閉じ込められていたものを明らかにする。彼を作った錬金術師が彼を手に取り、生ける水銀を死の中に閉じ込められ、消されていた彼の黄金、すなわち天国の似姿へと長い時間の後に戻すまで。

堕落した人間の外部は、「悪臭のする死体」のようなものであるが、その内部には楽園的な神の似姿があり、「錬金術師」(‘the Artist’)が本来の黄金状態へ連れ戻す、とベーメは言う。ここでは、神もしくはキリストが、毒された、堕落した人間を真の黄金へと変える「錬金術師」として描かれている。更に、キリストは人間の形に閉じ込められて此の世にやってきたが、それは人間を黄金へと変えるためであったこと、また「キリストが人類の堕落した人間性を純化した」(‘Christ tinctured our corrupted Humanity, Boehme, p. 142) ことが、以下のように説明されている。

Christ came into this World in the shut-up humane form, and brought into the enclosed Fortress of Death the Tincture of life, *viz*, the Diety; He came into the world as a Piglim in our poor form, He became ours, that he might

Tincture us in Himself.

(Jacob Boehme, *Signatura Rerum*, p. 54)

キリストは閉じ込められた人間の形で此の世にやって来た、そして、命のティンクチャー、即ち神性を、隔離されたを死の要塞の中にもたらした。彼は此の世に巡礼者として我々の貧しき形でやって来た。彼は彼自身において我々をティンクチャーするべく、彼は我々の形になったのだ。

名詞、そして動詞の形で表された'tincture'という単語は、色、着色液、着色する、の意から発して、エリクシルや賢者の石を表す錬金術用語となった単語である。[1] 同様に、十字架上でのキリストの贖罪も、この用語によって、死を永遠の命へと変える錬金術過程として捉えられている('the Life Tinctured Death, which was done on the Cross', Boehme, p. 55)。

ヘンリー・ヴォーンもまた、散文『生と死について』(*Of Life and Death*, 1654)の中で宗教的な死の概念が生命のそれと表裏一体であることを次のように表現している。

That death, whose leaders are Integrity and virtue, whose cause is Religion, is the *Elixir* which gives this life its true tincture, and makes immortal.

(Martin, p. 308)

あの死、その導き手は、高潔と美徳である、その原因は宗教であるが、それは、この生命に真のティンクチャーを与え、不死身にするエリクシルなのである。

即ち、キリストの贖罪を前提とした死こそがエリクシルの働きをし、生命に真のティンクチャーを与えるというのである。

第二節
堕落と神秘主義思想

アダムの堕落と原罪、そして、キリストによる人類の救済という聖書の主題は、錬金術思想の文脈においては、人類の堕落によって生じた毒とその浄化として提示された。第一節で見たように、特にキリスト自体がティンクチャー、即ち薬剤として認識されるようになり、キリストという医薬を得ることで、人をアダムの堕落以前の黄金状態に回帰させることが霊的錬金術の最終目標とされた。本節では、人類の堕落と救済をさらに神秘主義思想の文脈で捉え直すことにしたい。神秘主義思想では、神の声を聞くことは特徴的な神秘体験の一つであるが、内乱の混乱期において神との対話を奪われたと感じていたヴォーンは、神の声を聞くことが不可能な状態を嘆くとともに、内乱のさなかに聞こえてくる音を一種の騒音として描いている。本節では、ヴォーンの詩行の中に、堕落に伴う音と罪との関係、騒音と調和のとれた音との対比、そして、感覚器官と幼年時代との関係を見出し、その政治的意味合いを探りながら神秘主義思想からの解釈を試みる。

音と堕落

神の声を聞こうとするヴォーンは、「再生」('Regeneration') と題された詩の中で、風の音を聞き、その中に霊的な声を聞こうとしている。

[. . .] I heard
A rushing wind
Which increas'd, but whence it stirr'd
No where I could not find[.]

……………………………………

[. . .] while I listning sought
My mind to ease
By knowing, where 'twas, or where not,
It whisper'd; *Where I please.*

(Henry Vaughan, 'Regeneration', ll. 69–72, 77–80)

僕は聴いたのだ
激しい風の音を
それは増大していったけれど、どこから吹いているか、
どこにも僕にはわからなかった。

……………………………………

僕は、どこでその音がしたか、どこでしなかったか、
を知ることによって、
僕のこころを和らげようと、耳を傾け探し求めた。
そうしている間に風はささやいた、「私は望むままに吹く」と。

ここでのヴォーンの表現は、ヨハネ第三章第八節にある「風は思いのままに吹く」という聖書の言葉を反響させているが、神から与えられる体験、即ち、神学用語を使うならば「新生」の経験が風の中での霊的

な声によってなされていることを強調している。神の恩寵が声となって詩人に現れる例としては、ハーバートの以下のような描写の中にも見ることができるだろう。

[. . .] as I rav'd and grew more fierce and wilde
At every word,
Me thoughts I heard one calling, *Child!*
And I reply'd, *My Lord.*

(George Herbert, 'The Collar', ll. 33–36)

一言一言において、わめき、ますます荒々しく、粗野に
なっていったとき、
私は聞こえた気がした、「子よ」と一つの呼び声がするのを。
そして私は応えた、「主よ」と。

ハーバートは「わが子よ」と語りかける神の声に返答することで、神との対話を成立させている。一方でヴォーンは、「宗教」('Religion') と題された詩の中で、彼の時代は神の声を聴くことが出来なくなり、神との対話を奪われた状態であることを次のように表現している。

Nay, thou thy selfe, my God, in *fire*,
Whirle-winds, and *Clouds*, and the *soft* voice
Speak'st there so much, that I admire
We have no Conf'rence in these daies[.]

(Henry Vaughan, 'Religion', ll. 17–20)

いいえ、あなた自身、我が神が、火の中で、
つむじ風の中で、そして雲の中で、そしてそのやさしき声で
あんなにも話してくださいます。だから私は驚いているのです、
近頃、私たちはほとんど会話をしていないことに。

この詩の中では、神の教えがその「味」や「色」の点で汚染されていくだけはなく、宗教自体の音が「偽りの反響」を増幅させていく様子としても描かれている。

And [Religion] both her taste, and colour staines,
Then drilling on, learnes to increase
False *Ecchoes*, and Confused sounds[.]

(Henry Vaughan, 'Religion', ll. 36–38)

そうして［宗教は］味と色を汚染し、
地下をほり続け、偽りの反響と混乱した音を
増し加えていくことを学ぶ。

このような音は、別の詩の中では「粗雑な旋律」('coarse measures', 'Joy', l. 1) や「偽の手品のように欺く音」('False, juggling sounds', 'Joy', l. 3) とも描かれ、その音響は、神の「協和音」('harmony', 'Joy', l. 2) にはほど遠く、このような騒音に対して、ヴォーンは時には以下のように政治的な抵抗を主張する。

Be still black Parasites,
Flutter no more[.]

……………………………………

O poys'nous, subtile fowls!
The flyes of hell
That buz in every ear, and blow on souls
Until they smell
And rot, descend not here[.]

(Henry Vaughan, 'The Proffer', ll. 1–2, 13–17)

黒い寄生虫よ、静かにしろ。
これ以上飛ぶではない。

……………………………………

ああ、有毒な、陰険な虫よ！
地獄の蝿
それはすべての耳の中でブンブンと鳴り、魂に卵を植えつけ、
ついに魂は悪臭を放ち、
そして腐る。ここに降りてくるではない。

'blow' という単語は、一義的には「蝿や虫が卵を植えつける」(*OED*, 'blow', 28: 'Said of flies and other insects: To deposit their eggs') という意味であるが、今我々が論じている文脈では、「大きな声を上げる、騒々しい息を吐く、どなり散らす」(*OED*, 'blow', 6: 'To utter loud or noisy breath, to bluster')、さらにこの蝿が偽錬金術師だとすれば、過激な炎を掻きたてるために、「鞴を吹く」(*OED*, 'blow', 7†b: 'to blow the bellows: to stir up passion, strife') イメージも読み取ることができるかもしれない。また、この詩の中でヴォーンが、「おまえの言うコモンウェルスも栄光も自分の話に詰め込むつもりはない」('I'll not stuff my story / With your Commonwealth and glory’, ll. 35–36) と言っていることを併せて考えると、この詩の冒頭の「黒い寄生虫」(‘black Parasites’, l. 1) は、ヴォーンを金銭的に誘惑する人々の声であると考えられる。[2]ここではヴォーンの敵が「あらゆる耳の中でブンブンと音をたてる地獄の虻」として揶揄されているが、別の詩の中で神の声を聞く代わりに地獄の罪人たちの声を聞くことになると、詩人は次のようにも書いている。

[. . .] I had slipt
Almost to hell,
And on the verge of that dark, dreadful pit
Did hear them yell[.]
(Henry Vaughan, ‘The Relapse’, ll. 1–4)

僕はほとんど
地獄へと滑りおちるところでした、
そしてあの、暗い、恐ろしい穴の縁の上で、
彼らが叫ぶのを聞いたのです。

ここでは罪人たちの声が ‘yell’ という語で表現されており、ヴォーンの描く地獄の穴は、耳をつんざくような鋭い声 (*OED*, 1. ‘a sharp loud outcry’) が反響している。このような地獄の叫び声や騒音は、また別の詩の中では、時には詩人を「少しずつ死んでいく」状態にさせるとヴォーンは考えており、次のように言っている。

[. . .] left alone too long
Amidst the noise, and throng,
Oppressed I
Striving to save the whole, by parcells dye.
(Henry Vaughan, 'Distraction,' ll. 31–34)

とても長い間、ひとり、
その騒音と群衆真っただ中に放り出され、
僕は打ちひしがれ、
全体を救おうともがきながら、少しずつ死んでいるのです。

騒音に満ちた敵に対するヴォーンの抵抗は、次のような描写とも無関係でないように思われる。

Let me so strive and struggle with thy foes
(Not thine alone, but mine too,) that when all
Their Arts and force are built unto the height
That Babel-weight
May prove [. . .] their shame[.]
(Henry Vaughan, 'The Mutinie,' ll. 15–19)

あなたの敵たちと（あなたの敵だけではなく、僕の敵とも）
闘い、組討ちをさせてください、それですべての
彼らの技と力が高みへと築かれる時、
あのバベルの重みが

彼らの恥を……証明するように。

ここで言及される'Babel'は、信仰心の堕落が言語の分裂を招いたというエピソードを想起させる(Rudrum, p. 581)。ヴォーンは、敵の宗教的堕落を非難しながら、宗教分裂による声の複数化が神との対話を不可能にしてしまったことを、バベルの塔の描写によって示しているのではないだろうか。注目すべきことに、音に関するヴォーンの表現は、神秘主義思想の考え方を反映したものであると考えることができる。例えばベーメは「バベル」を「全世界を混乱させ、人々が意見において自分たちを分裂させてしまった」('this Babell [. . .] hath confounded the whole world, so that People have divided themselves in Opinions', p. 80)ものと定義し、彼の同時代の人々もまたその状態にあること、そしてその状態から離れるためには、別の声に耳を傾けなければならないことを次のように言っている。

[. . .] thou [. . .] must always listen for the voyce, when thy Master shall bid thee come home [. . .] yee have been a long time led blindfold in *Babell*, goe out from her, you are called with a shrill voyce, it will shortly raise the Dead, let it be a furtherance to you, that you may obtaine Eternall Joy in God.

(Jacob Boehme, *XL. Questions Concerning the Soule*, pp. 75, 76)

あなたの主が家へ帰るよう命じたとき、あなたは、いつもその声を聞かなければならない。あなたがたは長い間バベルの中で目隠しされて導かれて来たのだ。彼女の外に出よ、あなたは鋭い声で呼ばれている。それは間もなく死者を起こす声だ。神において永遠なる喜びをあなたが得られるように、それを促進するものとせよ。

「アベルの血」('Abel's Blood')と題された詩の中でヴォーンが描く、神へ訴える声は「一つの絶え間ない声」('one strong incessant cry', 'Abel's Blood', l. 21) と表され、その声はまさに「単一」の声であるがゆえに、神の耳へと届くと詩人は考えているように思われる。

[. . .] single thou
(Though single voices are but low,)
Couldst such a shrill and long cry rear
As speaks still in thy makers ear[.]

(Henry Vaughan, 'Abel's Blood', ll. 7–10)

単独のあなたが
(単独の声は低いものに過ぎないけれども)
そのように一つの鋭く、長い叫び声を上げることが出来、
あなたの作り主の耳に絶えず訴える……

「鋭く長い」アベルの声は、ベーメの「鋭い」神の声を想起させるかもしれない。この詩の中で、詩人は更に、「低き大地から高き天に／叫び声が昇りませんように」('May no cries / From the low earth to high Heaven rise,' 'Abel's Blood,' ll. 37–38)、と複数の叫び声が生じないことを願っている。ヴォーンの詩的表現においては、神や天使の神聖な声は、神の「やさしく呼ぶ声」('[God's] soft call', 'The Night', l. 33) や「天使の声」('Angel's voice', 'The Night', l. 39)、「愛の声」('voice / Of love', 'The Check', ll. 37–8) など単数の声として表現されている。ヴォーンにとって、'single' や 'one' といった「ひとつ」の声を探求することは、神聖な声を得るための手段でもあったように思われる。

このような聖なる、単一の声とは対照的に、堕落した人間の世界では、声が複数化しており、より人間

の精神を蝕んでいくことをヴォーンは次のように描写している。

The world
Is full of voices; Man is call'd, and hurl'd
By each, he answers all,
Knows ev'ry note, and call[.]

(Henry Vaughan, 'Distraction,' ll. 11–14)

世界は
声に満ちている。人間は呼ばれ、放り出される、
それぞれの声によって、彼はすべてに応え、
すべての調べと呼び声を知っている。

分裂したヴォーンの時代を反映してか、複数化した「声」即ち様々な意見(opinions)に満ち溢れた世界の中で、人は呼ばれ振り回され、そしてその「すべてに応える」ことによって、「散心」してしまう。[3] この詩はハーバートの「審判の日」('Dooms-day')の反響があると考えられる。

Come away,
Help our decay.
Man is out of order hurl'd,
Parcell'd out to all the world.
Lord, thy broken consort raise,
And the musick shall be praise.

(George Herbert, 'Dooms-day,' ll. 25–30)

来たれよ、
我々の腐敗を助けたまえ。
ひとは無秩序にかき回され
世界中にばらまかれています。
主よ、あなたの壊れた合奏隊をよみがえらせたまえ、
そしてあなたの楽の音があなたの讃美となりますように。

ヴォーンはこのハーバートの表現を下敷きにしながらも、人が堕落した世界の中で、それぞれの声に応えることが、人の堕落をより深刻にしてしまうことを強調している。更にハーバートは、無秩序に放り出されている、堕落した人間が救済される「審判の日」に、神が罪深い集まりである人間たちを復活させることと、そして、様々な楽器で構成されたコンソートがより高いピッチで演奏されることを望み、音楽が賛美となることを詩人は願っている。[4] その一方で、ヴォーンは、この世には決して音楽がないことを「もしこの世にあるならば」('if there be musick here', 'The Constellation', l. 21) と反実仮想を用いて表現し、内乱時のこの世の騒音の一種は、「熱心さ」を叫ぶ声であることを次のように描いている。

But here Commission'd by a black self-wil
　The sons the father kil,
The Children Chase the mother, and would heal
　The wounds they give, by crying, zeale
Then Cast her bloud, and tears upon thy book
　Where they for fashion look,
And like that Lamb which had the Dragons voice

Seem mild, but are known by their noise.

(Henry Vaughan, 'The Constellation', ll. 37–44)

しかしここでは、黒い己の意志によって任命されて
　息子たちは父を殺し
子供たちは彼らの母親を追い立て、そして彼らが与えた
　傷を、「熱心さ」を叫ぶことで癒そうとした。
それから彼女の血と涙をあなたの本の上に投げかけたのだ。
　彼らはその本を見るふりをし、
そして龍の声を持ったあの羊のように、
　柔和にみえても、彼らの騒音でその正体が知れてしまう。

第二章で考察した、ベン・ジョンソンの『錬金術師』の中でも表されていたように、「熱心さ」('zeal') は急進派清教徒の宗教的狂信ぶりを示す言葉である。ここではさらに、その「熱心さ」が「叫ばれる」ことによって、小羊のように柔和に見えていても、彼らの龍の声のような騒音でその正体がばれてしまうのである。

ヴォーンは、天上の音楽が堕落した人間の世界において聞こえなくなっていることを、神秘主義思想における音楽の理論を逆説的に利用して示していると考えることができるだろう。例えば、ベーメの文献の序文では、ベーメが最後の時を迎える際に「今や私はここから楽園へ行く」('*now I goe hence into Paradise*') という直前のエピソードが次のように紹介されている。

[. . .] betimes in the morning he cal'd one of his sons, and asked if he also heard that excellent musick? he said no, then he bad that the dore should be opened, that that musick might be better heard.

(Jacob Boehme, *XL. Questions Concerning the Soule*, [a2^{v}-a3])

その朝早く、彼は彼の息子たちのうちの一人を呼び、彼があの素晴らしき音楽を聞いたか？ と尋ねた。彼は「いいえ」と言った。それから彼は、その音楽がよりよく聞こえるように、ドアを開けて置くように命じたのだった。

この音楽は、神の声であり、天上の音楽であるが、ベーメの別の論文の中ではそれはすべての被造物の中から集約され、湧き上がって来るとも論じられている。

[. . .] Gods Light and Glorious Beauty shineth in every Being [or thing] and the Divine voice or sound ariseth up in all Creatures in great joyfulness; [. . .] the spirit proceeding from the Divine Voyce maketh a joyfulness, and uncessant continual Love-desire in those creatures, and in all the Divine Angelical Beings [. . .] The Voyce [or breath] of God doth continually and Eternally bringth forth its joy through the Creature, as through an Instrument: the Creature is the manifestation of the voice of God [. . .] the creature is in an Image as a Joyful Harmony, wherewith the Eternal Spirit playeth, or melodizeth.

(Jacob Boehme, *Signatura Rerum*, p. 194)

……神の光と栄光の美はすべての存在［もしくは事物］の中で輝いている。そして聖なる声もしくは音は偉大なる喜びの中ですべての被造物の中で沸き上がる……神聖な声から生み出された霊はあふれる喜びと、そして絶え間ない、永続的な愛の願望をその被造物たちとすべての神聖な天使たちの中に作り出すのだ。……神の声［もしくは息］は絶え間なくそして永遠に被造物を通して、一つの楽器を通してのように、その喜びをもたらす。被造物は神の声の顕現である……被造物は形象においては楽しき調和のようである。それを使って、永遠なる聖霊が奏で、旋律を作るのだ。
神秘主義思想では、聖なる声はすべての被造物の中から沸き上がり、神へと届く。この「楽しき調和」は、神の「楽器」('Instrument') である被造物が奏でる音楽である。このベーメの理論は、天と地とが分断されて、互いの音を聞くことが出来ないのではなく、天と地が呼応し、天と地の間で音楽が共鳴していることを示唆している。同様にヴォーンも、「教会礼拝」と題された詩の中で、神の音楽を次のように賛美している。

Blest be the God of Harmony, and Love!
　　The God above!
　　And holy dove!
Whose Interceeding, spirituall groanes
　　Make restless mones
　　For dust, and stones,
　　For dust in every part,
　　But a hard, stonie heart.
……………………………
So that both stones, and dust, and all of me
　　Joyntly agree
　　To cry to thee[.]

(Henry Vaughan, 'Church-Service', ll. 1–8, 17–19)

調和の神、そして愛に祝福あれ！
天の神よ！
そして聖なる霊よ！
その、仲裁する、霊的な嘆きは
塵と石のために、休息のない
うめき声を作り出す、
あらゆる部分の塵のために、
ただ固い、石のような心のために。
……………………………………
それ故に石も、ちりも、僕のすべても
一体となって
あなたに対して叫びます。

注目すべきは、ヴォーンは石と塵、そして自身が一体となって神を賛美し、「調和の神」に呼びかけていることである。この詩の中で表現されている声は、神の慈悲の声と被造物の声とが呼び合っていること、天上のものと地上のものが照応しているという点において、十七世紀以前までに描かれていた天球の音楽とは異なっている。

例えば、シェイクスピアの『ヴェニスの商人』(*The Merchant of Venice*) の中では、ローレンツォがジェシカに、天球の音楽について次のように語っている。

Lorenzo　Look how the floor of heaven

Is thick inlaid with patens of bright gold.
There's not the smallest orb which thou behold'st
But in his motion like an angel sings,
Still choiring to the young-eyed cherubins.
Such harmony is in immortal souls,
But whilst this muddy vesture of decay
Doth grossly close it in, we cannot hear it.　(William Shakespeare, *The Merchant of Venice*, Act V Scene 1, ll. 57–65)

ローレンツォ

　　見るがよい、如何に天の床が
輝かしい黄金の聖体皿でぎっしりとちりばめられているか。
あなたが見る最も小さな天球ですら、
その動きの中で、天使たちのように歌っていないものはない。
絶えず幼い眼をしたケルビムに合わせて合唱しているのだ。
そのような音楽が不滅の魂の中にある。
しかし、この朽ちゆく泥の衣が
それを粗末に覆いこんでしまっている間は、我々はそれを聞くことはできないのだ。

ここでは、不死の魂、そして天使たちのみがその音楽を聞くことが出来るという「天球の音楽」(the music of the spheres) の描写がなされている。ローレンツォが「我々は聞くことができない」と言っているように、ピュタゴラスによれば、天球の音楽は天球層の運動によって生じる妙音であり、神々の耳にのみ聞こえ、人間には聞こえないと考えられていた。ここでは、やがてはちりに帰り地に朽ちてゆく肉体をまとった人間が、下の位置に存在し、そこからさらに階層化された「天の床」に目を向けている。天球の音楽を奏でる「天国」と「泥でできた」「粗末な」大地に存在する人間との上下の垂直関係がはっきりと図式化されているのである。

ベーメやヴォーンが言う「天の音楽」とは、神秘主義思想の理論を基準にしたものであり、シェイクスピアが描いた天球の音楽のように天と地とを分離するものではない。それは、天と地が一体となって生じる音楽である。この理論を基本とした音楽は、ヴォーンの「暁の更」と題された詩の中でも次のように表現されている。

[. . .] heark! In what Rings,
And *Hymning Circulations* the quick world
Awakes, and sings
The rising winds,
And falling springs,
Birds, beasts, all things
Adore him in their kinds.
Thus all is hurl'd
In sacred *Hymnes*, and *Order*, The great *Chime*
And *Symphony* of nature.

(Henry Vaughan, 'The Morning-watch', ll. 9–18)

聴け！　何という輪の中で、
そして賛美の循環の中で、生きた世界が
目覚め、歌うことか！

上りゆく風、
下る泉、
鳥たち、獣たち、すべてのものたちが、
彼らの種類に応じて神を崇める！
こうやってすべては回るのだ、
聖なる讃美歌と秩序の中で、自然の偉大なるチャイムと
シンフォニーの中で。

上へと昇ってゆく風や落ちてくる泉といった循環の中で、被造物たちは共鳴する。このような音楽が、「偉大なるチャイム」であり「自然のシンフォニー」なのである。これはベーメの言葉を借りれば、「楽しい慰めの調べ」('Joyful Comfort') となる。

[. . .] God created us to his Love-Consort unto his joy and Glory, [. . .] not only I, but all my fellow members [are] in the glorious Tuned Instrument of God: we are all strings in his Joyful Comfort, the spirit of his mouth doth strike the tune and note on our strings.

(Jacob Boehme, *Signatura Rerum*, pp. 105, 139)

彼の喜びと栄光となるように、神は彼の愛のコンソートに合わせて我々を作られた。……私だけではなく私の同胞たちはみな、神の輝かしい、調律された楽器の中に［存在する］。我々すべてが彼の楽しき慰めの中の弦なのだ。彼の口の霊が我々の弦の音程と調べを打つ。

自身だけではなく、自らの友、即ち此の世の被造物たちが、神によって調律された楽器の中での音となる。天のものも、地のものもすべてが神の楽器の中で、一体となって、音楽を奏でる。天と地が呼応する、神

秘主義思想での音楽こそが、ヴォーンが求める音楽である。このような神秘主義の音楽の理論は、ヴォーンの「暁の更」の中で、自然と祈りの調和の音として賛美されている。

Prayer is
The world in tune,
A spirit-voyce,
And vocal joys
Whose *Eccho* is heav'ns blisse.

(Henry Vaughan, 'The Morning-watch', ll. 18–22)

祈りだ、
調律された世界は。
霊の声
声になった歓喜
その反響は天の至福。

ハーバートは「摂理」('Providence') と題された詩の中で、被造物の中でも言葉による祈りは人間だけに許された特権であるという考えを反映し、獣や鳥の鳴き声、木の声とはすべて人間が支配し、被造物たちの代わりに人間が犠牲を差し出すべきだと言っている（五—一四行）。だが、ヴォーンは、他の被造物たちとの声と祈りの声を融合し、神に届けることで、神からの祝福を得ようと試みているのである。「賛美の歌うたう循環」('*Hymning Circulations*', 'The Morning-watch', l. 10) の中で奏でられる、堕落した人間の声を排除した被造物たちすべての「声となった歓喜」の「こだま」こそが「天の至福」であるとヴォーンは言う。ここでヴォーンが賛美している「声となった歓喜」は、ベーメがいう「一つの喜びにあふれた、協和音」('a Joyful Harmony') である。ヴォーンが神の声を享受するためには、他の被造物たちの声と祈りの声を融合する必要があり、そして、それこそが神秘主義思想の理論を基本とした神の音楽となるのである。

幼年時代への回帰

堕落した音と調和した音との対比を確認してきたが、騒音にまみれた世界と堕落との関係は、ヴォーンが描く幼年時代の中で次のように説明されている。

Happy those early days! [. . .]
……………………………
Before I taught my tongue to wound
My conscience with a sinful sound,
Or had the black art to dispense
A several sin to every sense[.]

(Henry Vaughan, 'The Retreate', ll. 1, 15–18)

幸せな、あの始めの日々よ！……
……………………………
罪に満ちた音で自分の良心を
傷つけることを自分の舌に教える前、
もしくはすべての感覚にそれぞれの罪を分配する

黒魔術を受ける前。

「幸せな、あの始めの日々」と表現された幼年時代は、「ひとつの白い、天の想い」(a white, Celestiall thought, 'The Retreate', l. 6) を持った時代であり、「罪に満ちた音」や「黒魔術」を舌に教えられる以前の日々である。ヴォーンは「人の堕落と救済」と題された詩の中でも、感覚器官と堕落の関係を次のように示している。

> [. . .] only with me stayes
> (Unto my cost,)
> One sullen beame, whose charge is to dispense
> More punishment, than knowledge to my sense[.]
>
> (Henry Vaughan, 'Man's Fall and Recovery', ll. 11–14)

> ただ、僕と共にとどまっている、
> (自ら損害を被って)
> 一つの陰鬱な光だけが。その代価は分配することであった、
> 知識よりも罰を、僕の感覚に。

ヴォーンの描写で注目すべきは、感覚器官と罪とが密接な関係を持っているという点である。確かに、罪と「舌」との関係は、ミルトンが描いたサタンがイブを誘惑する場面の中にも見出すことが出来る。

> [. . .] he [= Satan] glad
> Of her [= Eve's] attention gained, with serpent tongue

Organic, or impulse of vocal air,
His fraudulent temptation [. . .] began[.]

(John Milton, *Paradise Lost*, Book IX, ll. 528–531)

彼は蛇の生まれつきの舌をもってして、
もしくは声になった空気の衝撃をもってして、
彼女［イブ］の注意をとらえたことを喜び
彼の偽りに満ちた誘惑を……始めた。

ミルトンが人類の堕落の発端をサタンの「舌」に特化しているのに対し、ヴォーンは「すべての感覚器官」（'every sense'）と罪との関係に注目している。

ヴォーンが信じていた、幼年時代と天国との結びつきは、ベーメが論じた以下のような論と同質のものとして解釈することができるだろう。

Little Children are our Schoolmasters till evill stirre in them, [. . .] they bring their sport from the Mothers wombe, which is a Remnant of Paradise: but all the rest is gone till we shall receive it againe.

(Jacob Boehme, XL. *Questions Concerning the Soule*, p.130)

小さな子どもたちは悪が彼らの中で動き出すまでは、我々の学問の師である。……彼らは楽園の残存物である彼らの遊びを、母親の子宮からもたらす。しかしそれ以外のものは我々がもう一度それを受け取るまでは無くなってしまうのである。

ヴォーンの罪なき幼年時代（'harmless age', 'Child-food', l. 31）への回帰願望は、エデンの園への回帰願望と重なり、感覚器官から「齢」の教える「悪」を取り除くことで、舌や耳を浄化し、声を堕落から救済しようとする処方でもある。

さらにヴォーンは、「前進」しようとする清教徒的な価値観に対する抵抗を「前進を愛する人も幾人かはいる／しかし僕は後ろ向きに進みたい」（'Some men a forward motion love, / But I by backward steps would move', 'The Retreate', ll. 29–30）と述べながら、さらに、幼年時代を「天使のような幼児期の中で輝いていた時」とも表現する。

[. . .] I
Shin'd in my Angell-infacy.
……………………………………
But felt through all this fleshly dresse
Bright shootes of everlastingnesse.

(Henry Vaughan, 'The Retreate', ll. 1–2, 19–20)

僕は
天使のような幼児期の中で輝いていた
……………………………………
しかしこの永遠の若枝のような輝いた光のすじを感じていた
この肉体を全身にまといながらも。

詩人が言うところの「永遠の若枝のような輝いた光のすじ」は別の詩では、「栄光の若枝の芽吹き」とも表現される。

O Joyes! Infinite sweetness! with what flowers,
And shoots of glory, my soul breaks and buds!

(Henry Vaughan, 'The Morning-watch', ll. 1–2)

ああ、喜びよ！　永遠の甘美さよ！　一体どのような花、
そして栄光の若枝の芽吹きで、僕の魂は砕け、芽を出すのか！

これは、トマス・ヴォーンが言う、以下のような理論と同じものである。

[. . .] man in his original was a branch planted in God and that there was a continual influx from the stock to the scion.

(Thomas Vaughan, *Works*, p. 10)

ひとは最初は神の中に植えられた枝であり、そしてそこでは絶えず親木から若枝への流入があった。

この感覚は、ベーメが持ち合わせていたものでもある。ベーメは下界が楽園だったときに、神聖な精髄がこの世的なものを貫き、芽を出したことを以下のように説明している。

[. . .] when Gods Love-desire dwelt with in the outward Worlds-Source, and Penetrated it, [and . . .] the outward World was a Paradise, [. . .] the divine Essence sprang forth and budded through the Earthly, the Eternal Life through the Mortal.

(Jacob Boehme, *Signatura Rerum*, p. 49)

神の愛の願望が外側の世界の根源の内部に宿り、それを突き通していた時、……［そして］外部の世界が楽園であった時、……聖なる精髄は湧き出て、地上的なものを通して芽生え、永遠の生命は死にゆくものを通して芽を

出していたのである。

堕落からの救済の方法の一つは音の浄化であるが、ヴォーンの幼年時代への回帰願望を考察すれば、そのころ人がまだ保持していた、神の光を取り戻すこともまた、人が救済される手段であることは明白である。詩人はその喪失の嘆きと思慕を次のように表現している。

[. . .] I've lost
A traine of lights, which in those Sun-shines dayes
Were my sure guides[.]
(Henry Vaughan, 'Mans fall, and Recovery', ll. 9–11)

……僕は失ってしまったのだ
光の連なりを。それは、太陽が輝いているあの日々においては、
僕の確かなる導き手であった。

ここでヴォーンは、「確かなる導き手」であった「光のつらなり」を失ったことを嘆いている。この光は人間が堕落する前に持っていた光である。堕落前の人は、「全くの石や土」ではなく、「少しだけは輝いて」おり、その「光線」によって人間は自身の誕生の瞬間をさえ見ることが出来るはずだということを詩人は、次のように表現している。

Sure, It was so. Man in those early days
Was not all stone, and Earth,
He shin'd a little, and by those weak Rays

Had some glimpse of his birth.

(Henry Vaughan, 'Corruption', ll. 1–4)

ああ、たしかにそうであった。ひとはあの早い日々において
　全くの石や土ではなく、
少しは輝いていたのだ、そしてこれらの僅かな光線で
　彼の誕生の一瞥を得たのであった。

錬金術をはじめ、神秘主義思想の文献においては、そもそも人間には「神の光」が宿っていると考えられていた。パラケルススは以下のように論じている。

Even so likewise after the same manner is it with that divine Celestial hidden Light in man; the which (as we have said before) doth not come into a man from without, but rather proceeds from within, outwards.

(Paracelsus, *The Water-Stone of the Wise men*, p. 155)

たとえそうであっても同じ様に、あの神聖な天の隠された光が人間の中に存在することに関しては、同じである。その光は（既に述べたように）人間の中に外部からやって来るのではなくむしろ人間の内側から生じて外側へと向かうものである。

先に見た、「散心」('Distraction') でも、ヴォーンは、この世にばらまかれた「塵」('dust') にすぎない人間が、神の光を失ってしまったことを次のように描いている。

Hadst thou
Made me a starre, a pearle, or a rain-bow,
The beams I then had shot
My light had lessened not,
But now
I find my selfe the lesse, the more I grow[.]

(Henry Vaughan, 'Distraction', ll. 5–10)

もしもあなたが
僕を星か、真珠か、虹に作ってくれていたら、
それならば僕が放った光線は
僕の光を弱めなかったでしょうに。
でも今
僕は、成長すればするほど、自身が弱まっていくように感じます。

ここでも詩人は、自らの成長とともに本来持っていた光が減じられていくのを感じている。ヴォーンにとって、霊的な錬金術の目的とは、黄金になることで、本来の光を取り戻すことでもあると考えられる。だから、「白い日曜日」('White Sunday')と題された詩の中で、ヴォーンは神の錬金術によって「塵」から「金」へと変化させられることを次のように神に懇願している。

[. . .] by that meanes
We, who are nothing but foul clay,
Shal be fine gold, which thou didst cleanse.

O come! refine us with thy fire!
Refine us! we are at a loss.
Let not thy stars for Balaams hire
Dissolve into the common dross!

(Henry Vaughan, 'White Sunday', ll. 58–64)

その方法で
我々、ただの汚い土くれに過ぎない我々が、
あなたが洗い清めた、純粋な黄金になるのです。
ああ、来てください！　我々をあなたの火で精錬して下さい
精錬してください、我々は道に迷っています。
あなたの星たちをバラムの賃金のために
粗末な滓の中に溶かしてしまわないでください！

ここでヴォーンは「純粋な黄金」になりたいと願っているが、[5] 錬金術の工程において、最終的に「黄金」が取り出される際には、「滓」('dross') がランビキの中に沈殿することになり、ヴォーンの表現もまた、錬金術における分離過程を利用したものであると言える。ヴォーンは「滓」と「黄金」('gold') を分離しているだけではない。当時、星はスピリットを構成成分にしていると考えられていた。[6] 錬金術の工程においては、しばしば上昇するスピリットに対して下降する「滓」が対比された。ここでの「星」は神の真の信者に、反対に清教徒たちが「滓」に、喩えられて対比されているのである。[7]
　錬金術が有するこのような階層秩序への志向性は、内乱期においては、保守的な姿勢を明確に表すものであった。[8] メンデルソーンは、論文「一六四九―一六六五年のイングランドにおける錬金術と政治」の中

で、次のように指摘している。

The ties of order and divinity to chymistry, through "*Gods Halchymie*" were more powerful than any to be found between chymistry and religious "Revolution", only a few years after the Revolution itself. (Mendelsohn, p. 69)

「神の錬金術」を通しての秩序と神性の化学への結びつきは、革命それ自体のほんの二、三年後に、化学と宗教的「革命」との間に見出されるどんな結びつきよりももっと強力なものであった。

このような文脈からヴォーンの表現を捉え直すと、「白い日曜日」の中での神に対する詩人の叫びは、神による錬金術によって、自身を信仰において下位の存在から上位の存在へと上昇させて欲しい、という願いであると同時に、錬金術工程の結果としてヴォーンにとっての内乱時の敵が下位に沈殿した「滓」('dross')であることを暗示する試みが行われていると考えることができる。

また、ヴォーンが「黄金」へと変化させられたいと願っているのは、本来、金や銀が光を持っているからでもある。ベーメはなぜ、人間が金や銀を愛するかという疑問について次のように述べている。

Gold, Silver and Pretious Stones, and all bright Oars of Minerals, have their Original from the Light, which did shine before the Times of wrath in the outermost Birth or Geniture of Nature. (Jacob Boehme, *Aurora*, p. 398)

金、銀、そして貴重な石たち、そして全ての輝く鉱物は光に彼らの起源を持っている。それは、怒りの時代の前は、下界の出生、即ち自然の誕生において、輝いていたのである。

このような理論を利用しながら、ヴォーンは、人間が失ってしまった光をもう一度取り戻すことで、ベーメの言う、「怒りの時の前」即ち堕落前の黄金状態へと戻りたいと願っているのである。「白い日曜日」で使われている、'refine'という語は、錬金術でいうところの「純化もしくは浄化」を意味する。神の火によって「我々を清めてください」('refine us')という叫びは、まさしく神の錬金術を求めるものである。ヴォーンは、「昇天讃歌」と題された詩の中では、神のみが、骨と骨をもう一度合わせ、土である人間を復活させることが出来る存在であると主張している。

Hee alone
And none else can
Bring bone to bone
And rebuild man,
And by his all subduing might
Make clay ascend more quick then light.

(Henry Vaughan, 'Ascension-Hymn', ll. 37–42)

彼だけができる、
そして他の誰もできない、
骨と骨を合わせ
人間をもう一度作ることは。
そして彼のすべてを従わせる力で
土を光よりも早く昇らせることは。

この詩での表現と比べると、「白い日曜日」の中では、一介の土くれを黄金へと変える、錬金術のイメージが強いことがわかる。そしてその理由は、次の節で述べるように、錬金術のイメージの中に、真の神の光とは対照的に、偽装された光がはびこっており、その支配的な勢力を非難するヴォーンの抵抗が隠されているからであると考えることができる。第三節では、錬金術的イメージの持つ急進性が危険視される背景を考慮しながら、「新しい光」('New Light') の概念を錬金術の文脈から確認することにしたい。

第三節
New Light に対する批判と錬金術

新しい光と金メッキ

福千年思想に基付いて楽園建設を目指した急進派の清教徒たちは、宗教的熱心さの度合いを高め、聖霊を通して神からの啓示を受けて革命を押し進めていると主張し、彼ら自身は神から受けた「新しい光」('New Light') と「熱心さ」('zeal') を自負していた。ヴォーンは「白い日曜日」の中で、使徒行伝第二章第一－四節に言及しながら、「新しい光」の不当性を次のように批判している。[9]

Can these new lights be like to those,
These lights of Serpents like the Dove?

(Henry Vaughan, 'White Sunday', ll. 9–10)

これらの新しい光があれらの光のようでありえようか。

これらの蛇の光が聖霊の光のようでありえようか？

ヴォーンはここで、急進派清教徒が主張する新たな啓示の光が決して「あの光」、即ちキリストの愛による聖なる光にはなりえないと訴えかけている。

「新しい光」をめぐっては、その政治的な含意と錬金術のイメージとの重なりについてメンデルソーンが、次のように指摘している。

In the turmoil of the 1650s, Baxter would have agreed that this was precisely what happened to the religious radicals [. . .] That new authority was the same as van Helmont's luminous "Image of God in Man", the inner light of radical Protestant theology. [. . .] The iatrochymist's pill his [= Helmont's] universal remedy, worked on the same principle from which the Quaker claimed to derive his authority to reform society and men's souls.

(Mendelsohn, p. 36)

一六五〇年代の大混迷の時代において、バクスターは次のようなことに同意しただろう。このことがまさしく宗教的な急進主義者にとって起こったことであった。……つまり新しい権威はファン・ヘルモントの光輝く「人間の中にある神の似姿」、急進的なプロテスタント神学の内なる光と同じものである。……医療錬金術師の丸薬、彼の普遍の治療薬は、クウェーカー教徒が彼の権威を社会と人間たちの魂を改革するためにそこから引き出すことを主張した同じ原則に基付いて効力を及ぼした。

清教徒穏健派であるリチャード・バクスターにとって、ベーメやヘルモントのような錬金術師の思想は霊的啓示を重視するという点で非常に危険な側面を持っており、それは、宗教的狂信者の思想と通ずるというのである。(10) 換言すれば、医学的錬金術が探していた万能薬と急進派清教徒たちが社会改革と人間の魂を回心させるために求めていた力は、同じように機能すると考えられていたわけである。
ヴォーンの「白い日曜日」は、聖霊降臨祭を主題としている。内乱後、政治的実権を得た清教徒達によって、キリスト昇天祭前の祈願節とともに、聖霊降臨祭の祝祭も禁止されていたことを考えあわせるとヴォーンの題そのものが反清教徒的である。[11] 詩人は聖書に記録された真の聖霊の導きと急進派清教徒たちが誇示する偽の光を対比しつつ、神に語りかけて次のように言っている。

[. . .] while some rays of that great light
Shine here below within thy Book,
They never shall so blinde my sight
But I will know which way to look.

For though thou doest that great light lock,
And by this lesser commerce keep:
Yet by these glances of the flock
I can discern Wolves from the Sheep.

(Henry Vaughan, 'White Sunday', ll. 17–24)

あの偉大なる光のいくらかの光線が
あなたの書物の中でこの地上で輝く、
その光線は私の眼を決して盲目にすることはなく、
私はどちらを見ればよいか分かります。

なぜなら、あなたはあの偉大なる光を閉じ込め、

そしてこのより減じられた光で霊的交渉を保たれて
おられますが、それでも僕はその群れの閃光で
羊から狼を見分けることが出来るのですから。

この表現は、マタイによる福音書第七章第十五節の中の終末に関する警告、「にせキリストたちや偽預言者に注意せよ」という言葉の反響であると考えられる。(12) 例えばミルトンも『失楽園』の第十二巻で、偽預言者の出現を次のように警告している。

Wolves shall succeed for teachers, grievous wolves,
Who all the sacred mysteries of heaven
To their own vile advantages shall turn
Of lucre and ambition[.]
(John Milton, *Paradise Lost*, Book XII, ll. 508–511)

オオカミども、極悪なオオカミどもが教師として後を継ぎ、
そいつらはあらゆる天の神聖な神秘を
もうけと野望の
彼ら自身の邪悪な収益へと変えてしまう。

ヴォーンとミルトンが「オオカミども」と呼ぶ対象は、その政治的立場からそれぞれ異なるが、これらの表現は、両者とも、終末思想に準拠し、偽預言者の出現に対する警戒を示すものである。ヴォーンがオオカミの比喩を用いるとき、それは、羊の装いをしたオオカミ、即ち、偽装した聖人たち、自らを聖人と称する宗教的熱狂主義者たちに対する批判となる。

一六五〇年代において王党派のヴォーンを取り囲む状況は時には暗闇として描かれ、そこに存在する光はしばしば虚偽の光として批判される。例えば、キリストの誕生時に輝いた星の光もそれが地上に達した時、あたかも虚偽の黄金色を帯びて輝いているかのように表現されている。

> [. . .] what light is that doth stream,
> And drop here in a gilded beam?
>
> (Henry Vaughan, 'The Nativity', ll. 31–32)

> 流れる、そしてここに落ちるのは何の光か？
> 金メッキされた光線の形で。

この詩行は、詩集『復活せしタレイア』(*Thalia Rediviva*) に収録されているが、題に「一六五六年作、生誕祭」('The Nativity, Written in the year 1656') と示されており、クロムウェルの護民官体制時代に書かれたものである (Rudrum, p. 372)。ヴォーンは、真の錬金術師としての神の力を、キリストの「産着を黄金にも変えることができる」('thou could'st turn thy Rays to gold', l. 26) 力とも讃え、最終的に以下のように神に対して真の光を与えてくれるように願っている。

> Lord! grant some *Light* to us, that we
> May with them find the way to thee.
> Behold what mists eclipse the day:
> How dark it is! shed down one *Ray*
> To guide us out of this sad night,
> And say once more, *Let there be Light.*
>
> (Henry Vaughan, 'The Nativity', ll. 35–40)

主よ、我々にいくらかの光をお与えください、我々が
その光によってあなたへの道を見つけることができますように。
見よ、どのような霧が日の光を影らさせていることか、
何とそれは暗いことか！　一つの光線を流してください、
この悲しみの夜から脱出する我々を導くために。
そしてもう一度言って下さい、「光あれ」と。

ここでの、「もう一度『光あれ』と言ってください」というヴォーンの懇願は、一義的には、キリストの再降臨を望むものであるが、詩人が清教徒たちの「新しい光」を「金メッキされた光線」（'gilded beam'）と呼んでいるとするならば、偽の光を排して、真実の光を求めることで、反清教徒的なニュアンスを強めていることになる。

　このような、偽の光と対比された聖なる光は、例えば、「夜」（'The Night'）と題された詩の中で、蛍の光としても表現されている。

Through that pure *Virgin shrine*,
That sacred veil drawn o'r thy glorious noon,
That men might look and live, as <u>Glow-worms</u> shine,
And face the Moon:
Wise *Nicodemus* saw such <u>light</u>
As made him know his God by night.

(Henry Vaughan, 'The Night', ll. 1–6)

あの純粋な処女の如き宮、
あの、あなたの輝かしい昼の光の上にひかれた神聖なとばり、を通して、
蛍が輝いて月を直視するように、
　人が見て、生きるように、
賢きニコデモはそのような光を見た、
夜によって彼の神を知らせるような光を。

ヴォーンは、「蛍」（'glow-worms'）を扱う際に軽蔑的な意味合いを含む「虫」（'worm'）のニュアンスではなく、月が太陽の光を反射して輝くという理論を反映して（Rudrum, p. 627）、神に対する正しい信仰の光を蛍の光のイメージで描き出している。この蛍の光が表す神聖な光とは対照的に、詩人はこの世にはびこる光を次のように描いている。

[. . .] I consent and run
To ev'ry mire;
And by this world's <u>ill-guiding light,</u>
Erre more then I can do by night.

(Henry Vaughan, 'The Night', ll. 45–48)

僕は周りに合わせて走ってゆく
すべてのぬかるみへと。
そしてこの世界の邪悪へと導くひかりによって
夜に間違い得るよりももっと過ちを犯すのだ。

この「邪悪へと導く光」は、堕落した人間がその盲目性ゆえに神を見出すことが出来ず、さまよう状態の原因として描かれている。それは鬼火（'ignis fatuus'）でもあり、当時の宗教的文脈では、熱狂主義（enthusiasm）を導く熱心さ／狂信（zeal）を表した。[13]

熱と熱狂主義批判

清教徒の宗教的熱狂は、偽りの光としてだけではなく、熱すぎる火の熱としても王党派の人々の非難の対象となったように思われる。ヴォーンの詩の中では神の聖なる光と熱が以下のように示されている。

O thou immortall light and heat!
……………………………………………
[. . .] brush me with thy light, that I
May shine unto a perfect day,
And warme me at thy glorious Eye!

(Henry Vaughan, 'Cock-Crowing', ll. 19, 44–46)

ああ、あなたは不滅の光と熱です！
……………………………………………
僕にあなたの光でブラシをかけてください、僕が
完全なる日の光に向かって輝けるように、
そしてあなたの栄光の眼で暖められますように。

ヴォーンは最後の審判の際の「あの完全なる日の光」に向かって輝けるよう、「不滅の光と熱」を求めている。ヴォーンは「愛する人をしたって」と題された詩の中でも、神の熱を次のように描いている。

[. . .] Thou art
Refining fire, O then refine my heart,
My foul, foul heart! Thou art immortall heat,
Heat motion gives; Then warm it, till it beat[.]
(Henry Vaughan, 'Love-sick', ll. 12–15)

あなたは
精錬する火です、ああですから、僕の心を精錬してください、
僕の汚い、汚い心を！　あなたは不滅の熱です、
熱は動きを与えます、ですから、それを暖めてください、それが脈打つまで。

このような聖なる光と「暖める」熱とは対照的な、即ち、邪悪な光と過激な熱がこの世に蔓延っていることを逆説的に描き出していると考えられる。

ヴォーンは「宗教」('Religion')や「ユダヤ人」('The Jews')と題された詩の中で、木陰の中に神や天使を、ひいては旧約聖書の時代を描いている。[14] 木陰そのものは、単に涼しい場所としての描写にとどまらず、病的な清教徒の熱狂の熱から逃れる場所が必要であったことを暗示している。例えば、ヴォーンと同じく、王党派の立場を取った、カウリーは「庭」('The Garden')と題された随筆に収録された詩の中で、次のように木陰を讃えている。

Oh, blessed shades! O gentle, cool retreat
　From all th'immoderate heat,
In which the frantic world does burn and sweat!

(Abraham Cowley, 'The Garden', ll. 45–47)

ああ、祝福された、木陰よ！　ああ、やさしき、涼しい後退の場所よ！
　すべての過剰なまでの熱からの。
その熱の中で、熱狂的な世界が燃え上がり、汗を書いている！

ここでカウリーは「祝福された木陰」、即ち神の御心が働く木陰を「すべての過剰な熱からの／やさしき、涼しい後退」と言い換えている。また、'frantic' は「精神の病に侵された状態」(*OED* 1. 'Affected with mental disease, lunatic, insane; in later use, violently or ragingly mad') を含意し、病的なイメージがある。ここでの「過剰な熱」を清教徒の熱狂の比喩ととらえると、カウリーを始め、ヴォーンなどの王党派の人々が自然の中に「後退／隠遁」し、「隠れ家」を求めたのは、清教徒の熱狂主義、即ち 'zeal' の過剰な熱から逃れる避難場所として自然をとらえていたと考えることが出来る。[15]

神秘主義思想と穏やかなる火について

　興味深いことに、十七世紀中葉の政治的文脈の中で、清教徒のこの過激な熱心さと同様に、神秘主義思想、特に錬金術の中でも、過度な、誤った熱は、しばしば注意して排除すべきものとして説明されている。逆に、例えば、トマス・ヴォーンは、「第一資料」から万物が生み出された際には穏やかなる火が必要であったと考えている。その火は「賢者の炎」（'the philosopher's Fire', p. 280）もしくは「秘密の炎」（'Secret Fire'）と呼ばれていたことが次のように述べられている。

This earth must be dissolved into water and that water must be coagulated again into earth. This is done by a certain natural agent which the philosophers call their Secret Fire. For if you work with common fire it will dry your sperm and bring it to an unprofitable red dust, of the colour of wild poppy. Their Fire then is the Key of the Art[.]

(Thomas Vaughan, *Works*, p. 278)

この土は水の中に溶解されなければならず、さらにその水は再度土に凝固させられなければならない。これは哲学者たちが彼らの秘密の火と呼ぶ、ある自然の作用因によってなされる。なぜならもしあなたが粗末な火で作業を行うと、それはあなたの生命の種を干からびさせ、野のけしの色をした、利益のない、赤い塵へと導いてしまう。彼らの火はそれ故にこの技の鍵となるのである。

この「粗末な火」ではない火こそが、錬金術の鍵となる。また、トマスはこの論文の中で、何かを「発生させる」（'inbreeding'）熱と「発生源とならない」（'in-breeding'）、むしろ破壊的な熱とを区別することが出来ない偽錬金術師を「フクロウ」（'owl'）として表現している。

Some men are of opinion that he breeds nothing but devours all things and is therefore called "as it were, inbreeding fire". This is a grammatical whim, for there is nothing in the world generated without fire. What a fine philosopher then was Aristotle, who tells us this agent breeds nothing but his *pryausta*—a certain fly which he found in his candle but could never be seen afterwards. Indeed too much heat burns and destroys [. . .] What an owl was he then that could not distinguish, with all his logic, between excess and measure, between violent and vital degrees of heat, but concluded the fire did breed nothing because it consumed something. (Thomas Vaughan, *Works*, p. 279)

彼が何も生み出さず、すべてのものを滅ぼしてしまい、それ故にそれらは発生源にならない火とも呼ばれているという意見の人たちもいる。これは文法的に奇抜な思いつきである。なぜなら、世界の中で火なしで発生するものは何もないからだ。だから、アリストテレスは何と素晴らしい哲学者だったことか。彼はこの作用因は彼のプライラウスタ (*pyrausta*) ――彼の蝋燭の中で彼が見つけたがその後決して見られることがなかった蝿――以外の何ものも生み出さないことを我々に教える。……確かにあまりに過多の熱は燃やし滅ぼす。それ故、過多と適度との間、もしくは、熱の暴力的な度合いと熱の命を生み出す度合いとの間を、彼のすべての論理をもってしても区別できずに、その火が何かを焼き尽くした故に何も生み出さないと結論付けた彼は、何というフクロウだったことか。

生成の熱と破壊的な熱を区別できないフクロウは、兄ヘンリーが「鳥」('The Bird') と題された詩の中で描く「フクロウ」の以下の描写と同質のものであると考えることができるだろう。

[. . .] as these Birds of light make a land glad,
Chirping their solemn Matins on each tree:
So in the shades of night some dark fowls be,
Whose heavy notes make all that hear them, sad.

The Turtle then in Palm-trees mourns,
While Owls and Satyrs howl;
These pleasant Land to brimstone turns

And all her streams grow foul.
(Henry Vaughan, 'The Bird', ll. 23–30)
これらの光の鳥たちが大地を喜ばせ、
それぞれの木の上で彼らの厳粛な朝のさえずりをするように
夜の影の中には、幾羽かの陰鬱な鳥たちがいて、
その重い調子は聞いている人たちを皆悲しくさせる。

その時山ばとは棕櫚の木の中で嘆くのだ
　フクロウとサテュロスが吠える間に。
これらの楽しき大地は硫黄へと変わり
　そして彼女の流れはすべて汚く増大していく。
この詩の中でヴォーンは、朝の光の中でさえずる「光の鳥」とは対照的に、闇を支配する陰鬱な鳥たちが「楽しき国」であった英国を「硫黄」の国へと変化させると言っている。このイメージは、リチャード・クロムウェル (Richard Cromwell, 1626–1659, 在位 1658–1659) がその愚かさをフクロウとして揶揄されたことを想起させる（吉中、三一三頁）。そして偽錬金術師としての清教徒がしばしば錬金術師が放つ臭いとして諷刺された「硫黄」と結び付けられて、国土を地獄へと変えてしまったことをも示唆するだろう。トマスが言うところの生成のための熱を判別できない、偽錬金術師としての清教徒は、破壊的な過度の熱のみを用いる。換言すれば、清教徒の破壊的な「熱狂」('zeal') は、フクロウのイメージを媒介にして、生成のための熱を判別できない、偽りの錬金術を表すものとして解釈され得るのである。

そもそも、神の創造、発生、生成のわざを助けるには、自然の調和を超えない熱が必要で、過度の熱は「混沌の中での恐ろしい分断」('a terrible devision in the chaos') を生み出すだけであることを、トマスは以

下のように唱えている。

Thou hast resolved with thyself to be a co-operator with the Spirit of the Living God and to minister to Him in His work of generation. Have a care therefore that thou dost not hinder His work; for if thy heat exceeds the natural proportion thou hast stirred the wrath of the moist natures and they will stand up against the central fire, and the central fire against them; and there will be a terrible division in the chaos. (Thomas Vaughan, *Works*, pp. 232–233)

神の創造の業の中であなた自身は生きている神の霊の協力者となり、神に仕えることを決心したのだ。だから、あなたは彼の業を邪魔しないように注意を払いなさい。なぜならもしあなたの熱が自然の割合よりも過度になるならば、湿った性質の怒りを掻きたててしまい、それらは中心の火に対して立ち上がり、中心の火は彼らと対峙してしまうだろう。そして混沌の中に恐ろしい分離が生じるだろう。

当時、クロムウェルとその賛同者たちが国王に反旗を翻すことによって国が分裂し、内乱の混沌状態に陥っていたことを考えると、トマスの表現は、錬金術の工程と同時代の政治上の状況を綯い交ぜにした表現のように聞こえてくる。本来「第一質料」('The First Matter') から何かを生み出すには第五元素が必要となるが、その「平和の甘美なる聖霊、真の永遠なる第五元素」('the sweet Spirit of Peace, the true eternal quintessence', p. 233) は過度の熱で消失してしまう、とトマス・ヴォーンは言う。事実、平和を作り出すはずの国王は、「粗野な、破壊を行う手」('violent, destroying hands', p. 233) であるクロムウェルらによって処刑されてしまう。トマスの錬金術に関する表現の中では、「本来の性質を過ぎる熱」('the heat [which] exceeds the natural proportion') が、清教徒たちの「熱狂」('zeal') をも強く暗示するように思われるのである。逆説的ではあるが、終末の地上に天国を作り出すための内乱は、神秘主義思想の中では、過度の熱を使って黄金を生成しようと試みる、偽りの錬金術と重ねられ、ヴォーン兄弟もまた、その表現の中に抵抗を試みていると考えられる。
実践的錬金術におけるこの穏やかなる火の重要性は、ヤコブ・ベーメによっても次のように説明されている。

[. . .] it must be a middle or mild fire, to keep the spirit in the Heart from rising, it must be gently *Simpring*, then it getteth a very sweet and meek ringing sound, and continually rejoyceth, as *if* it should now be kindled again in the Light of God. But if the fire be *too Hot*, [. . .] then the new life [. . .] is kindled again in the *fierceness* in the wrath-Fire, and the Mineral Oar comes a burnt scum and *Drosse*, and the Chymist hath *dirt* instead of Gold.

(Jacob Boehme, *Aurora*, p. 535)

その中心の中のスピリットを上昇させないように保つために、それは中間のもしくは穏やかな火でなければならない。それはやさしく笑うように揺れなければならない。そうすれば、その火はとても甘美で柔和な鳴り響く音を得て、絶え間なく喜ぶ、それが神の光の中でもう一度火をともされているかのように。しかしながら、火が強すぎた場合は……その新しい命は……怒りの炎の中の過激さの中でもう一度燃やされ、鉱物の石が焦げたくずと滓になってしまう、そして錬金術師たちは黄金の代わりに汚物を得るのだ。

穏やかなる火が「神の光」に喩えられている、このような理論を併せて考えると、「白い日曜日」の中でヴォーンが「神の火」によって洗練してほしいと願い、逆に「あなたの星を粗末な滓へと溶かしてしまわないでください」('Let not thy stars [. . .] / Dissolve into the common dross!', 'White Sunday', ll. 63–64) と叫んでいるのは、ヴォーンの周りで蔓延っているのが、過剰すぎる熱であり、それは急進派清教徒の「熱狂」の熱であることが暗示されていると言えるのである。[16]

神の錬金術と火

更に、真の錬金術で用いられる穏やかな火を起こすために、ヴォーンは「嵐」と題された詩の中で、神に対し以下のように懇願している。

Lord! Thou didst put a soul here; If I must
　Be broke again, for flints will give no fire
Without a steel, O let thy power clear
　Thy gift once more, and grind this flint to dust!

(Henry Vaughan, 'The Tempest', ll. 57–60)

主よ！　あなたはここに一つの魂を入れられました。もし僕が
　もう一度壊れねばならないなら、なぜなら火打ち石は
鉄なしでは火を起こしませんから、ああ、あなたの力で
　あなたの贈り物をもう一度清めてください、そしてこの火打ち石を塵にしてください！

詩人は、ここで自らを石に喩え、「火打ち石」が神の御手によって粉々にならない限り火は起きないと言う。これらの行の表現は、ハーバートの、「ため息と呻き」('Sighs and Groans') と題された詩の中での表現を下敷きにしていると考えられている (Rudrum, p. 577)。ハーバートが、「私は弱きものであり、既に塵である。／ああ、私をすりつぶさないでください」('I am frailtie, and already dust; / O do not grinde me!', ll. 17–18) と言う一方で、ヴォーンはあえて「つぶされる」ことを望んでいる。ヴォーンの表現は、錬金術の工程において、石が砕かれる必要があったことを意識しているが故のものであると考えられる。ロバー

ツに拠れば、錬金術工程の「第一段階は『石』の準備であった。これは浄化あるいは破壊と考えられていた」('The first stage was a preparation of the matter of the Stone. This was conceived of as either purification or destruction', Roberts, p. 57)。この後者の過程は、「粉末化」('comminution') と呼ばれ、「物質を、すり潰したり、突きくずことによって細かい部分に分解すること」('reduction of matter into minute parts by grinding or pounding', Roberts, 105) と説明されている。つまり、ここでのヴォーンの表現は、神の錬金術を受ける際に必要な「破壊」の段階を意識している。ヴォーンは自らが潰される苦悩を錬金術でいうところの破壊の段階になぞらえることで、真の神の錬金術をも受けようとしているのである。それは最終的には、自らが黄金へと変化するように、ヴォーンの「鶏鳴」('Cock-Crowing') の中の言葉を使うならば、神が「輝かしい目で私を暖め」('Warme me at thy glorious Eye', l. 46)、「私が一つの完璧な昼の光となって輝くように」('that I / May shine unto perfect day', ll. 44–45) なるためである。これは即ち、最後の審判においての自身の復活を意味している。第四節では、終末思想と錬金術の関係をみていくことにしたい。

第四節　終末思想と錬金術

キリストの再降臨と最後の審判

第三節で見た「白い日曜日」の中では、清教徒たちの偽りの光とは対比的に、キリストが再降臨する際の光が次のように賛美されている。

Wellcome white day! a thousand Suns,
Though seen at once, were black to thee;
For after their light, darkness comes,
But thine shines to eternity.

(Henry Vaughan, 'White Sunday', ll. 1–4)

ようこそ、白い日の光よ！　幾千もの太陽が
一度に見られたとしても、あなたに比べれば黒いものだろう。
なぜなら彼らの光の後には、暗闇がやって来る
しかしあなたの光は永遠に輝くのだ。

ここでは、この世の太陽の光の後にやってくる闇の暗さの中に、チャールズ一世を失った王党派の夜の時代のイメージを含有させながら、それとは対照的なキリストの聖なる光が描かれている。ヴォーンは、幾千もの太陽の光がたとえ同時に見られたとしても、集められたその光よりもキリストの再降臨の光のほうが明るいと言っている。これらの太陽はあくまでこの世的なものであり、その複数性の中に、唯一神を表す単数の太陽（the Sun）とは違った、堕落した世界の光の意が含まれているとも考えられる。御子キリストを表す太陽は、本来ならば、錬金術の一種の秘薬、即ちティンクチャーになるはずのものである。

[. . .] the Sun as a Nature-god of the outward visible World [. . .] tinctureth every working life, even every thing which groweth and moveth[.]

(Jacob Behmen, *Signatura Rerum*, p. 140)

外部の眼にみえる世界の自然神としての太陽は、あらゆる活動する生命をティンクチャーする、まさに、成長し、動くすべてのものを。

そして、トマス・ヴォーンが説明しているように、このティンクチャーこそが堕落した世の中を終末において「最も純粋な黄金」に変えることができるキリストの光なのである。

After all these things and near the daybreak there shall be a great calm; and you shall see the Day-Star arise and the dawning will appear and you shall perceive a great treasure. The chiefest thing in it and the most perfect is a certain exalted Tincture, with which the world if it served God and were worthy of such gifts—might be tinged and turned into most pure gold.

(Thomas Vaughan, *Works*, p. 262)

これら全ての物事のあとに、夜明けまじかに偉大なる静寂があるだろう。そしてあなたは明けの明星が昇るのを見るだろう。そして、夜明けが現れ、あなたは偉大な宝物に気付くだろう。その中の最も主たるもの、そして最も完全なるものは、確かな高められたティンクチャーである。それによって世界は、もしもそれが神に仕え、そのような贈り物にふさわしいならば、色を着けられ、最も純粋な黄金へと変えられる。

しかしながら、トマスが言う 'the Day-star' とは違い、ヴォーンの「白い日曜日」で描かれている太陽は、その複数性のために真の錬金術効果を生み出すことができないこと、更に言えば、ヴォーンを取り巻く宗教的、政治的世界に存在する光は、錬金術効果を生み出すことができない故に真の光ではないということが暗に示されていると考えることができるだろう。

トマス・ヴォーンの「昼の星」という表現に注目すると、このような輝きをもつ光は「審判の日」の光と同質のものであると考えることが出来る。兄ヘンリー・ヴォーンは最後の審判の際の夜明けを次のように描いている。

O day of life, of light, of love!
The onely day dealt from above!
A day so fresh, so bright, so brave
Twill shew us each forgotten grave,
And make the dead, like flowers, arise
Youthful and fair to see new skies.
All other days, compar'd to thee,
Are but lights weak minority,
They are but veils, and Cypers drawn
Like Clouds, before thy glorious dawn.

(Henry Vaughan, 'The day of Judgement', ll. 1–10)

ああ、命の、光の、愛の日よ！
天からもたらされる、唯一の日の光よ！
とても新鮮で、輝かしく、勇敢な日の光よ、
それは我々に、それぞれの忘れられた墓を見せ、
そして死者たちを、新しい空を見るために、
花のように、若さに満ち、美しく
起き上がらせる、
他の日々は、あなたに比べれば
弱い、劣った光にすぎない。
彼らは、雲のように、あなたの輝かしい夜明けの前に
引かれた帳、そして糸杉の木蔭にすぎないのだ。

最後の審判の時に死者たちを復活させる光は輝かしいものであり、その光に比べれば、すべての他の日の光は「弱い劣った状態」であるとヴォーンは言う。'minority' という単語は、「より小さい、より劣っている」(*OED* †1: 'The condition or fact of being smaller, inferior, or subordinate') の意に加え、*OED* の初例を遡るが、「少数派の」(*OED*, 3: 'The smaller number or part; a number which is less than half the whole number; spec. the smaller party voting together against a majority in a deliberative assembly or electoral body') の意も含まれると考えることが出来るかもしれない。[17] この単語は、清教徒たちが内乱を引き起こす際に、政治思想的な拠り所とした議会制度の言葉である。ここでも詩人は、キリストの真の救いの日と清教徒たちが神政政治によって招来しようとした偽の救いの日との違いを暗示しているのではないだろうか。

「白い日曜日」の中でヴォーンはキリストの再降臨のイメージを用いているが、最後の審判の際には、キリストが雲に乗ってやって来ると考えられていた。このイメージはヴォーンの「最後の審判」と題された詩の中で、次のように描かれている。

[. . .] thou shalt make the Clouds thy seate,
　And in the open aire
The Quick, and dead, both small and great
　Must to thy barre repaire[.]

(Henry Vaughan, 'Day of Judgement', ll. 21–24)

……あなたは雲をあなたの座にする。
　そして、公開の大気の中で
生者も、死者も、小さなものも、偉大なものも、
　あなたの法廷に赴かねばならない。

世界の終末は、ミルトンの『失楽園』の中でも描写されているが、ミルトンの場合、注目すべきことに、キリスト再降臨に伴い、世界が滅び、浄化されるイメージは錬金術的ニュアンスを強くしている。

Now amplier known thy Saviour and thy Lord,
[is] Last in the Clouds from heaven to be revealed
In glory of the Father, to dissolve
Satan with his perverted world, then raise
From the conflagrant mass, purged and refined,
New heavens, new earth, ages of endless date
Founded in righteousness and peace and love,
To bring forth fruits, joy and eternal bliss.

(John Milton, *Paradise Lost*, Book XII, ll. 544–551)

今や、十分に予言された、あなたの救い主、
そしてあなたの主が、最後に父の光栄のもとで天からの
雲の中に現されるのだ。
サタンと邪道に導かれた彼の世界を滅ぼし、
それかれた業火の塊の中から、浄化され、清められた、
義と平和と愛の中で作られた、あたらしい天、新しい大地、
限ない日々を引き上げるのだ、
実りと喜びと、永遠なる祝福をもたらすために。

サタンと彼によって罪に陥った世界が「溶解され」（'dissolve[d]'）救世主キリストが再降臨する際の火

('conflagra[tion]') によって世界が「浄化され」('purged')、「純化され」('refined') ることが描き出されている。これらの錬金術用語が如実に示すように、最後の審判が錬金術の工程として読み替えられているのである。

最後の審判と神秘主義思想

最後の審判のイメージは聖書の黙示録第九章第六節に拠るものであり、十七世紀の多くの詩人たちによって用いられている。例えば、ダンは「聖なるソネット」の中で、天使たちに次のように呼びかけている。

At the round Earth's imagined corners, blow
Your trumpets, angels!, and arise, arise
From death[.]
(John Donne, *Holy Sonnets* VII, ll. 1–3)

丸い地球の想像された四隅で、あなたの
トランペットを吹け、天使たちよ、起き上がれ、
死からよみがえれ。

肉体の復活を合図する最後の審判の際のラッパの音は、例えばベーメのような神秘主義者によって表現されるときには次のような描写となる。[18]

It shall again arise at the last day in the sound of the Trumpet of the Divine Breath in Christs voyce, which also is my voyce in his Breath, and spring afresh in the Tree Christ, *viz* in Paradise[.]

(Jacob Boehme, *Signatura Rerum*, p. 139)

それはキリストの声の中の聖なる息のトランペットの音の中で、最後の日に、再び起き上がるだろう。それはまた彼の息の中の私の声でもあり、キリストという木、即ち楽園の中で再び芽吹く。

キリストを楽園の木に喩え、その芽吹きと息吹きを自らの復活の際のそれと重ねるこのイメージは、神性との交わりを志向する神秘主義思想の表現でもあるだろう。

また、ベーメは「最後の時」が迫っていることを以下のように述べている。

Therefore know for certaine that time [= the last day] is neare [. . .] Paradise is borne againe, but ye shall not escape mortality, not the wrath in the Flesh, but Paradise is now already manifest in the Minde, in the soule of the Children of God, and they have the true [state] of the Power.

(Jacob Boehme, XL. Questions Concerning the Soule, p. 17)[19]

それゆえに［最後の日という］時が近くなっていることをはっきりと認識せよ……楽園はもう一度生まれる、しかしあなた方は死すべき運命、肉体の怒りというものから逃れることはできない、しかし、楽園は精神と神の子たちの魂の中にすでに表れている、そして彼らは権力の真の［状態］にあるのだ。

こうしたベーメの主張は、神秘主義思想家たちの理論の中でも、終末論の論調が高まっていたことを示すものである。トマス・ヴォーンもまたこのような伝統に準じながら、最後の審判の際のラッパについて次のように言及しているが、重要なのは、錬金術師トマス・ヴォーンにとって、キリストによる救いは「変容」であるということである。

> In a word, salvation itself is nothing else but transmutation. [. . .] God of His great mercy prepare us for it, that from hard, stubborn flints of this world we may prove chrysoliths and jaspers in the new, eternal foundations[.]
>
> (Thomas Vaughan, *Works*, p. 302)
>
> 一言で言えば、救いそのものは変容にすぎない。……彼の偉大なる慈悲の神がにそれ〔変容〕のために私たちを準備してくださる。この世の固くて頑な火打ち石から私たちが、新しい永遠の礎において、貴橄欖石や碧玉になれるように。

ここでトマスが言及している貴橄欖石（chrysolite）や碧玉（jasper）は、ヨハネが黙示録の中で新エルサレムの基壁をなす宝石として描いたものであり、第二章の中で考察した、「マーカム夫人への哀歌」の中で、ダンが、夫人が復活する際に肉体が純化された宝石で出来上がっているという描写の中でも見られた宝石である。[20]

終末論においては新エルサレム到来に伴って世界のガラス化が起こるが、堕落前の自然は、本来「透明な」状態であったとベーメは論じている。

> [. . .] Nature was very rarified and thin or Transparent, and all stood merely in power, and was in a very pleasant *lovely* Temper.
>
> (Jacob Boehme, *Aurora*, p. 387)

自然というものは、とても純化されており、薄く、透明であった。そしてすべてはただ単に力の中に立ち止まっていた。そして、とても喜ばしく、素晴らしい性質の中にあったのである。

そして堕落前の人間アダムも、楽園の中においては「透明な」状態であった。

[. . .] in Paradise there is a perfect life without any shadow of change, also without any false evil desire, and a continual day, where the Paradisieal man is clear as a transparent glass, in whom the Divine Sun shineth through and through, as Gold that is thoroughly bright and pure, without any spot or foulness.

(Jacob Boehme, *Signatura Rerum*, p. 126)

……楽園においてはどんな変化の影もない、何ら偽りの邪悪な欲望もない、完璧な命がある。そして連続する日がある。そこでは天国の人間は透明なガラスのように透き通っているのである。その人の中で、何の滲みや汚れもなく完全に輝き、純粋な黄金のように神聖な太陽が完璧に輝いている。

楽園においては、人間はガラスのように透明であり、その輝きは、一点の曇りもなく濁りもなく輝く金のようであったとベーメは言っている。このガラスのように透明な状態は楽園の中に存在する自然と人間の状態であり、この状態へと回帰することが堕落からの救済なのである。即ち、終末のガラス化は人間を堕落前の「透明な」人間の状態に戻す錬金術的工程なのである。

　これらの終末の錬金術は、ヘンリー・ヴォーンの「跋」（'L'Envoy'）と題された詩の中の以下の描写にも反映されている。

And through thy creatures pierce and pass
Till all becomes thy cloudless glass,
Transparent as the purest day
And without blemish or decay,
Fixt by thy spirit to a state
For evermore immaculate.
A state fit for the sight of thy
Immediate, pure and unveil'd eye,
………………………………………
A state for which thy creatures all
Travel and groan, and look and call.

(Henry Vaughan, 'L'Envoy', ll. 11–18, 20–21)

そしてあなたさまの被造物たちを貫き、通されよ。
あらゆるものがあなたの曇りなきガラスとなり、
その最も純粋な日のように透明になるまで、
そして、汚点や腐敗なしに
あなたの霊によって
永遠に純潔な状態に
固定されるまで。
あなたの目が見るのに相応しい状態、
直接の、純粋な、覆われていない目に。
………………………………………

あなたの被造物たちが皆、
旅をし、嘆き、探し、呼んでいる状態に。

最後の審判の際に被造物たちが清められ、「日の光のように透明」で、かつ「曇りなきガラス」になることを願うヴォーンは、ベーメが論じたところのガラス化の理論を基本としていると言えるだろう。ヴォーンの終末のガラス化においては、その変成が被造物の各々すべてに及んでいることが指摘されている（吉中 [2015] 193–194 頁を参照）。最後の審判において救われるのは人間のみであるという考え方が支配的な中で、ヴォーンは、被造物とりわけ石が人間と同様に救われると考えている。ヴォーンは自身の声を石の声と同化し、神を讃えようとする。それは、人が比喩的に「固く頑なこの世の火打ち石」('hard, stubborn flints of this world', Thomas Vaughan, *Works*, p. 302) になってしまっているからでもあるが、同時にヘルメス思想が主張するような万物にあまねく内在する霊性に対するヴォーンの信仰の表れであるようにも思われる。ヴォーンにとって、「石」もまた「自身の友である被造物たち」('My fellow-creatures', Henry Vaughan, 'The day of Judgement', l. 14) と同格に並べられる存在であり、彼らも自由を求めて神に訴えかけていると言う。ヴォーンが描くヘルメス思想と関わった自然描写については第五章でさらに詳しく考察することにしたい。

第三章　注

（1）しかしながら、ノリウスに拠れば、ティンクチャーは毒としても捉えられている。Walters, p. 117: 'In Nollius's tratise the harmful element is a tincture or meteor, analogous to the meteor in the greater world, an exhalation, a vapour, or a fume' を参照。

（2）Post, pp. 182–183 を参照。

（3）堕落前の世界が単数で捉えられていることは、トマス・トラハーン (Thomas Traherne, 1636–1674) の以下の表現の中にも見られる。

Rich diamond and Pearl and Gold
　In every Place was seen;
………………………………
[My Bliss] and my Wealth was every where;
　No joy to this!

(Thomas Traherne, 'Wonder', ll. 48–49, 54–55)

この詩の中でトラハーンは、堕落前の世界 ('Paradise', l. 57) における、聖なるものの描写を行う際に、たとえそれが複数であっても 'was' や 'everywhere' という単数に連動した表現を用いている。逆に堕落後に楽園を破壊する要因は「呪われ、企まれた所有物」('Cursed and Devised Proprieties', l. 65) のような複数化されたものである。一者としての神から遠ざかるにつれて世界は複数化していると考えられる。

（4）Wilcox, p. 653 を参照。s. v. 'broken consort'.

（5）この純粋な金になるためには、七回火の中で溶けなければならないと考えられており、ベーメは詩篇に言及しつつ、次のように言っている。

[. . .] in Gold and in Silver, which you cannot make to be pure or fine Gold or Silver, *unlesse it be melteded seven times in the fire, Psal.12.7.* (Jacob Boehme, *Aurora*, p. 533)

（6）ヤコブ・ベーメは次のように述べている。

[. . .] my knowledge standeth in this Birth or Geniture of the Stars, in the Midst or Center, where the Life is generated, [. . .] and where the *moving spirit existeth* and breaketh thorough[.]

(Jacob Boehme, *Aurora*, p. 584)

また別の箇所では、次のように論じている。

[. . .] the Stars doe breath forth a *Spiritual* Essence.

(Jacob Boehme, *Mysterium Magnum*, p. 57)

（7）スピリットの上昇について、例えばトマス・ヴォーンは『錬金術の精髄』の中で、火による水分の分離行程に言及する（第二巻、第二四連）とともに、空気中に水分が消えるのと同様に、「スピリッツ」('spirits') もまた「昇華」('sublimation') によって分離される過程 ('the spirits wee do cause to fly', 第三巻、第三七連) を説明している（第三巻、第三三―五〇連)。ベン・ジョンソンの『錬金術師』の中でもこの工程は言及されている。上記第二章第二節を参照。

(8) ベーメに拠れば、神の天地創造も、錬金術的な分離の原則によって行われた。

[. . .] there is a Severation made in the Creation of this World; for this is to be seen in the Sun and Stars, so likewise in all Creatures, also in Metals, Stones and Earths; for this same is the manifestation of God.

(Jacob Boehme, *Signatura Rerum*, p. 25)

(9) フィリップ・ウェスト (Philip West) は著書『ヘンリー・ヴォーンの火花散る火打ち石』(*Henry Vaughan's* Silex Scintillans: *Scripture Uses*) の中で、ヴォーンが「新しい光」のイメージを用いながら、「白い日曜日」と題された詩の中で急進派清教徒を攻撃していることを指摘している。West, p. 149 を参照。また、ラドラムは *OED* の定義を引用しながら 'new lights' を 'novel doctrines (esp. theological and ecclesiastical) the partisans of which lay claim to superior enlightenment' [*OED* light *sb* 6d]' と定義している。Rudrum, p. 593 を参照。

(10) 'New Light と錬金術のイメージについては Mendelsohn, pp. 38, 77 も参照。

(11) 吉中、二八一頁を参照。

(12) Rudrum, p. 503, West, p. 149 を参照。

(13) カソーボン、ジョン・スペンサーの論を例に出しながら、吉中は鬼火と狂信を結び付けている。Yoshinaka, p. 218.

(14) 「宗教」の中でヴォーンは宗教が堕落する前には、木陰の中で天使と人間が話していたことを次のように描いている。

My God, when I walk in those groves,
And leaves thy spirit doth still fan,
I see in each shade that there grows
An Angel talking with a man.

(Henry Vaughan, 'Religion', ll. 1–4)

(15) 「木陰」の政治的ニュアンスについては Yoshinaka, pp. 286–287 を参照。

(16) 「黄金」と「滓」('dross') との錬金術的対比のイメージは「聖書に」('To the Holy Bible') と題された詩の中でも以下のように展開されている。

So with that first light gain'd from thee [= the Holy Bible]
Ran I in chase of vanity,
Cryed dross for gold, and never thought

My first cheap Book had all I sought.
....
And oft left open would'st convey
A sudden and most searching ray
Into my soul, with whose quick touch
Refining still, I struggled much.
By this milde art of love at length
Thou overcam'st my sinful strength[.]
(Henry Vaughan, 'To the Holy Bible', ll. 13–16, 19–23)

ここで詩人は、聖書から得た「最初の光」を持っているにも関わらず、「黄金」を求める代わりに「滓」を得るべく声を上げてしまったと神に告白をしている。聖書から与えられる神聖な光は、本来、触れるだけで浄化する力を持っており、ヴォーンはそれを「愛の穏やかなる技」('milde art of love') と呼んでいる。聖書には「浄化」の力をもつ「光線」('ray') が存在し、それは穏やかなる技なのである。

(17) 英語学者の間では、*OED* の初例は少なくとも五十年は遡れる可能性を持っているとされてきたが、最近の研究では、二世紀以上遡れる例が論じられている。Nakamura, p. 4.

(18) この終末のラッパは、リチャード・クラショーやジョージ・ハーバートなどによっても以下のように描かれている。

O that trump! whose blast shall run
An euen round with the circling sun,
And vrge the murmuring graues to bring
Pale mankind forth to meet his King.
(Richard Crashaw, 'The Hymn of the Church, in Meditation of the Day of Judgement', ll. 9–12)

Come away,
Make this the day.
Dust, alas, no musick feels,
But thy trumpet: then it kneels,

As peculiar notes and strains
Cure Tarantulas raging pains.

(George Herbert, 'Dooms-Day', ll. 7–12)

(19) ベーメの以下のページも参照せよ。

[. . .] the time is at hand, that he should eat with the Sonne, and be merry and rejoice with him'; p. 148: 'the time is now nearer at end; and therefore it appeareth the more plainely what shall be done at the end.

(Jacob Boehme, *XL. Questions Concerning the Soule*, p. 113)

(20) 吉中 (2015) 196 頁を参照。また、ダンの「ベッドフォード伯爵夫人への哀歌」については第四章第一節で考察する。

第四章
ヴォーンと錬金術医学

第一節
キリストと錬金術医学

ダンにおけるキリストの復活と錬金術

ダンは、「復活、未完」('Resurrection, [imperfect]')と題された詩の中で、キリストが、復活する前までの「三日間、地下の鉱石となった」ことを次のように描いている。

Whose [= Christ's] body, having walked on Earth, and now
Hasting to Heaven, would, that he might allow
Himself unto all stations, and fill all,
For these three days become a mineral;
He was all gold when he lay down, but rose
All tincture[.]

(John Donne, 'Resurrection [imperfect]', ll. 9–14)

キリストの肉体は、地上を歩き、今や
天へと急いで行くが、
彼自身をすべての場所に
いたらせ、そしてすべてを満たすように、
これらの三日の間、彼は鉱物になることを願った。
彼は横たわったとき、全くの金であったが、しかしティンクチャーとなって復活したのだ。

「三日間」という期間は、キリストの死から復活までの期間ではあるが、この期間は、錬金術過程においても、錬成に必要な期間でもある。ロビン・ロビンズ (Robin Robbins) は、通常の人間の死体が横たわる際には、たとえば、「ベッドフォード伯爵夫人への哀歌」にあるように、「黄金になるために、墓に横たわる」('Here to grow gold we lie') というヘレン・ガードナー (Helen Gardner) の指摘を繰り返している (Robins, p. 518)。本来ならば土である人間の肉体が、土の中に横たわり、錬成を受けることで、黄金になる、つまり、復活するという錬金術的な比喩表現である。しかし、ダンは「キリストは、横たわった時に、すでに黄金であった」ことを強調している。これは、錬金術でいうところの「第一質料」が、キリストの死の段階ですでに「黄金」('gold') であったことを示す。

ではなぜ、ダンは「復活、未完」の中で、キリストが復活することを「ティンクチャー」となって復活する、と表現したのだろうか。その答えは錬金術のより詳細な理論の中に隠されている。ロビンズは、M・セズィヴォク (M. Sedzivocz) の『ノヴム ルーメン アルケミアイ (錬金術の新しい光)』(*Novum Lumen Alchymiae*, 1615) をJ・フレンチ (J. French) が英訳した『錬金術の新しい光』(*New Light of Alchemie*, 1650) から引用し、「賢者の石、すなわちティンクチャーは、もっとも高い純度の黄金である」('The philosophers' stone or tincture is nothing but gold digested to the highest degree', p. 28) と注釈を付けている (Robins, p. 518)。またパラケルススは、錬金術で取り出される「秘薬」を段階にわけており、以下のように説明している。

> [. . .] the first *Arcanum* is the *Prima Materia*; the second is the *Stone* of the *Philosophers*; the third is a *Mercurius vitae*, and the forth is the *Tincture*.
>
> (Paracelsus, *Archidoxis*, p. 63)

最初のアルカナが第一質料であり、第二が賢者の石であり、第三が命の水銀、そして第四がティンクチャーである。

「ティンクチャー」に関しては既に前章で触れたが、さらに詳しい説明をするならば、それは、錬金術から取り出される秘薬の最終段階であり、人間の病その他を取り除き、すべての肉体を純度の高い、崇高な、そして永遠のものにすると考えられていた物質なのである。以下の理論は、その絶対的な薬効を示したものである。

Tincture [. . .] takes away from him [Man] his Corruption, and Impediments, and transmutes all his parts into the heighst Puritie, Nobility, and permanencie.
(Paracelsus, *Archidoxis*, p. 64)

ティンクチャーは……人間からその堕落や障害物を取り除き、彼のすべての部分を最も高き純度、高潔さ、そして不変のものへと変えるのである。

ダンは、あえて、この「ティンクチャー」という単語を用いて、復活したキリストの純度の高さを示していると考えることができる。神秘主義者ベーメもキリストが復活したことを「十字架上でなされた死を生命がティンクチャーした」('the Life Tinctured Death, which was done on the Cross', *Signatura Rerum*, p. 55) と表現し、「キリストは彼自身で我々をティンクチャーするために受肉した」('that he might Tincture us in Himself', *ibid*., p. 54) と言っていることと付合する。

ダンの錬金術用語の精密な使い方は、「マーカム卿夫人の死を悼む哀歌」('An Elegy upon the Death of the Lady Markham') と題された詩の中の錬金術の描写と比較することで、より明らかになる。

[. .] as the tide doth wash the slimy beach
And leaves embroidered works upon the sand,
So is her flesh refined by Death's cold hand.
As men of China after'n age's stay
Do take up porcelain where they buried clay,
So at this grave, her limbeck, which refines
The diamonds, rubies, sapphires, pearls, and mines
Of which this flesh was, her soul shall inspire
Flesh of such stuff as God, when his last fire
Annuals this world, to recompense it, shall
Make, and name then th'elixir of this all.　(John Donne, 'An Elegy upon the Death of the Lady Markham', ll. 18–28)

波が汚れた海岸を洗い、
砂の上に刺繡された作品を残していくように、
そのように、彼女の肉体は死の冷たき手によって浄化される。
中国人たちが何年もたったあとに
彼らが粘土を埋めた場所から磁器を取り出すように、
ダイヤモンド、ルビー、サファイア、真珠——
この肉体はそれらの鉱山だったのだが——を精錬する、
この墓、彼女のランビキで、
彼女の魂は、神のような材料でできた肉体に霊を吹き込む、
神の最後の火が此の世を破棄し、それを償うために、その時

このすべてのエリクシルを作り、名付けるだろう時に。

ここでは、墓に横たわった時のマーカム卿夫人の身体が宝石でできているという表現で、彼女が称えられている。しかし、確かに、二十四行目の「鉱石」('mines')には、金鉱石のニュアンスがあるが、十八行目から二十二行目までの比喩表現で、マーカム卿夫人の肉体は、「汚れた海岸」('the slimy beach')や「粘土」('clay')と並行関係に置かれてさえいる。それに比べて、「復活、未完」では、「第一資料」であるキリストの体が、すでにはっきりと「黄金」('gold')であったことが強調されている。さらに、興味深いことに、キリストもマーカム卿夫人の墓も共に、一種の「蒸留器」('limbeck')になっているが、キリストが「ティンクチャー」として、再生する一方、マーカム卿夫人は「エリクシル」('elixir')として再生する。パラケルススの錬金術過程の段階的説明に準じると、人間である夫人が再生しても、賢者の石の最高段階である「ティンクチャー」にはなりえない、というダンの意図を読み取ることができる。ダンが描く、キリストの復活の錬金術は、「三日間」という時間の後に、「ティンクチャー」として再生することに焦点が当てられている。そして、墓という容器の中で、また土の中から生じる熱による錬金術過程によって、肉体が浄化させられるのである。

キリストの血とエリクシル

ヘンリー・ヴォーンの表現の中でも、この錬金術のイメージは医学的な効能を伴って描かれている。ヴォーンは、「苦悩」('Affliction')と題された詩の冒頭部分で、次のように自分に言い聞かせている。

Peace, peace; It is not so. Thou doest miscall
　Thy Physick; Pils that change
Thy sick Accession into setled health,
This is the great *Elixir* that turns gall
To wine, and sweetness[.]

(Henry Vaughan, 'Affliction', ll. 1–5)

安かれ、安かれ、そうではない。お前は間違って呼んで
　いるのだ、お前の薬を、それはお前の病の
発作を、落ち着いた健康なものへと変える丸薬だ、
これは偉大なるエリクシルだ、それは胆汁を
ワインへ、そして甘さへと変える。

ヴォーンに降りかかっている「苦悩」は、「病の発作」ではあるが、同時に「丸薬」であり、それは確固たる「健康」へ導くという。しかしながら、それだけでは詩人の心は収まらず、さらに、「苦悩」は「偉大なエリクシル」であると言い換え、その働きを苦き胆汁を甘き葡萄酒に変えるものとして捉えようとしている。

ノリウスの『ヘルメス医学書』をヴォーンは、一六五五年に英訳、出版しており、詩集『火花散る火打ち石』を出版した際には、すでに医師としての活動も行っていた可能性が高いと考えられている(Hutchinson, pp. 181–182)。「苦悩」の詩の中で、ヴォーンは苦難を「エリクシル」という、精神的錬金術のイメージで描いており、これはパラケルスの理論を基調にした表現である。「苦悩」の中では、神は一種の錬金術師として、そして医師としての描かれていると考えられる。本章では、パラケルススの医学理論を参考に、神の医学がどのような効能を持つのかを検証する。そして、詩人が求める医学の効用につ

いて、再度確認することにしたい。

神の箕と医学

ヴォーンは、神の御業を以下のように描き、すべての「肉体」は、「塵」にすぎず、神の「鞭」や「霜や驟雨」の「実り多き変化」が必要であると言っている。

All flesh is Clay, thou know'st; and but that God
　Doth use his rod,
And by a fruitfull Change of frosts, and showers
　Cherish, and bind thy *pow'rs*,
Thou wouldst to weeds, and thistles quite disperse,
　And be more wild than is thy verse;
Sickness is wholesome, and crosses are but curbs
　To check the mule, unruly man,
They are heavens husbandry, the famous fan
　Purging the floor which Chaff disturbs.

(Henry Vaughan, 'Affliction', ll. 11–20)

すべての肉体はつちくれである、お前は知っているはずだ。
　もしも、神が鞭をお使いにならなければ、
そして、霜と驟雨の実り多き変化によって、

　育てたり、お前の力を抑制したりしなければ、
お前は、雑草や棘のあるものへと分散するだろう、
　お前の詩よりももっと粗野になって。
病は健康によい。苦難は、留めぐつわにすぎない、
　騾馬、手に負えぬ人間を抑制するための。
それらは、天の農作業、もみ殻がかき乱した、あの床を清掃する、
　あの有名な箕。

ここでは、詩人自身の苦難が、神によって与えられる試練に置き換えられ、一種の「十字架」であると捉えられている。そして、神の「鞭」のイメージは、「天国の農業、あの有名な箕」へと展開されていく。この表現は、マタイによる福音書第三章第十一―十二節の以下のような表現に準じたものである。

I indeed baptize you with water unto repentance: but he that cometh after me is mightier than I, whose shoes I am not worthy to bear: he shall baptize you with the Holy Ghost, and with fire. Whose fan is in his hand, and he will throughly purge his floor, and gather his wheat into the garner; but he will burn up the chaff with unquenchable fire.

まことに私はあなたに、水で洗礼を施し、悔い改めへ導く。しかし私の後から来る人は、私よりも力があり、私は、その靴を持つ価値もない。この方は聖霊と火によってあなた方に洗礼を授けるだろう。また、彼は、手に箕を持ち、打ち場の麦をふるい分け、麦は穀倉の中に収めるが、もみ殻は消えることのない火で焼き捨てるであろう。

聖書では、洗礼者ヨハネが「水」でバプテスマを授けている。だが、ヨハネは、じきにやってくるキリストが「聖霊と火」によってバプテスマを授け、また「箕を手に持って打ち場の麦をふるい分け」るという。この「天国の箕」は、正しきものと、悔い改めが必要なものをふるい分ける機能を持つ。

ヴォーン自身、「有名な」と言っているように、この神の「箕」のモチーフは詩的表現にも多く取り入れられているが、ヴォーンの「苦悩」での表現では、農耕具としての「箕」と共に、'purge' という聖書にもある単語が詩の中の縁語と響きあって、医学用語としても反響を広げている点に注意せねばならない。ヴォーンはその「箕」が「もみ殻が乱した床を一掃する」('Purging the floor which chaff disturbs', l. 20) と言っている。'disturb' という語は、身体的不安定情緒を表すこともあり (*OED*, 1. b: 'To throw into a state of physical agitation, commotion, or disorder' の用例を参照)、医学的ニュアンスが含有される。詩人はここで、「もみ殻」によって罪を暗示し、神の「箕」が、罪及び罪びとを除去する様子を描いている。ヴォーンの「苦悩」の描写には、十七世紀中葉のパラケルスス復興運動の中で示された、錬金術と医学と神学との融合の例が見られると言ってよいであろう。

パラケルススの毒因論

ここで「苦悩」の中での表現を、医学理論に照らし合わせながら見ていくことにしたい。この詩の中では「病は健康にいい」('Sickness is wholesome', 'Affliction', l. 17) ことが敢えて提示されている。即ち、毒に似る苦悩からも薬が取り出せる、とヴォーンは信じているのである。苦悩は「病の発作を落ち着いた健康へと変える薬である」('Pils that change / Thy sick Accession into settled health', 'Affliction', ll. 2–3) と、もしくは、「胆汁をワインに変えることができる、あの偉大なエリクシル」('the great *Elixir* that turns gall / To wine,' 'Affliction,' ll. 4–5) である、と自らに言い聞かせているのは、パラケルススの医学理論を基本としているためでもある。

パラケルスス医学において、物質の毒性は、毒の配合量（'dosis'）によると考えられていた。そして、人間に有益な「本質的なもの」(*Essentia*) と、病気をひきおこす毒（*Verenum*）を見極めることが医師の任務とされた。パラケルススは次のように説明している。

> [. . .] in everything which man must needs take in, there is a poison hidden among what is good to wit: There is *Essentia* and *Venenum* in everything. *Essentia* is that which sustains man, *Verenum* that which makes him ill. The latter is contained in every foodstuff and is working against the animal that uses it, nothing excepted.[1]

> ……人間が是非とも取らなければならないすべてのものの中には、つまり、良い物の中には毒が隠されている。あらゆるものの中には、本質的なものと毒がある。本質的なものは人間を維持するものであり、毒はその人を病気にするものである。後者は食べるものすべての中に含まれ、それを使うすべての動物に例外なく敵対して働く。

従って、毒というものは、栄養分を取り出すためには必要な悪となるのであり、人間が摂取すべき「栄養物」にも毒が内在しているのである。ノリウスもこの理論に従っており、『ヘルメス医学書』の中で以下のように述べている。

> Every thing that we eat and drinke, hath in it a Mucilaginous, reddish and sandy Tartar, very noxious to the health of man.
>
> (Henry Nollius, *Hermetical Physick*, p. 50)

我々が食べたり飲んだりするすべてのものは、その中に、粘液質、赤らんだ砂状の酒石——人間の健康に対してとても害を及ぼすもの——が存在する。

そして、この医学書を翻訳したヴォーンも、パラケルススの医学理論に準じ、詩的表現の中に取り入れていると考えることができるだろう。

このような理論は、ミルトンの思想の中にも見出すことができる。例えば、『失楽園』の中で天使ミカエルは次のように言う。

[. . .] so shall the world go on,
To good malignant, to bad men benign,
Under her own weight groaning till the day
Appear of respiration to the just,
And vengeance to the wicked, at return
Of him so lately promised to thy aid
The woman's seed, obscurely then foretold[.]

(John Milton, *Paradise Lost*, Book XII, ll. 537–543)

こうやって、世界は続いていくのだ、
善なる者たちには災いを、また悪い者に対しては幸いを
もたらしながら、彼女自身の重みの下で、
正しき者たちに対して、再生の日が、
そしてあの邪悪な者たち対して復讐のときが現れるまで、
呻きながら。その時に彼が、昔は不明瞭に予言されたが、

つい先ほどあなたの助けの為に来ると
予言された、女の末裔が戻ってくるのだ。

ミカエルは、救い主キリストの再降臨以前の世界は、善なるものには禍を、悪しきものには善をもたらしながら、世界は時を経ていくと予言している。ここでは、善悪をもたらす根源がそれぞれ 'benign'、そして 'malignant' という用語で示されており、それぞれが腫瘍のイメージ―― 'malignant' とは「悪性の」腫瘍を、'benigne' とは「良性の」それ――を意味している。ミルトンは、世界という大宇宙を、人間という小宇宙に喩えて、人間の体は、良性と悪性両方の病の根源を包括しながら営なまれていることを暗示している。ここでは、道理に合わず、よき者には悪性の腫瘍が与えられ、悔い改めが必要な者に対しては良性の腫瘍が与えられており、世界の一部である人間の中の小宇宙の中でも、良性と悪性の双方のものが混在している様子が示唆されている。そして、ミカエルは、キリストの再降臨によって、道理が正され、善人に対する悪性は良性へと変わり、悪人に対する良性は悪性へと変わることを暗示しているのである。

　毒と薬、病気と健康、善と悪とが相互依存し、どちらにも変容可能であるという考え方は、極めて神秘主義的で、例えば、「この永遠の神秘にその根源をもつあらゆるものは、悪に換えられ、そして再び悪から善へと変えられる」(*'all things, which take their Originai out of this Eternal Mystery may be changed into Evil, and again out of Evil into Good'*, Jacob Boehme, *Signatura Rerum*, [A3^{v}]) こと、そして、「いかに人が善から悪へ自らを変え、いかにその変成が再び悪から善へとなされるか」(*'how Man hath turned himself out of the Good into the Evil, and how his Transmutation is again out of the Evil into the Good'*, *ibid.*, [A3^{v}]) を説明したベーメのそれと同質のものである。また、ヴォーンの「苦悩」の中では、病に満ちた世界が浄化されるために、罪深きものが神の「箕」によって「ふるい分けられ」ている。これは、良きものから悪しきものを一掃する、パラケルススの医学理論、さらに言えば「分離」の概念が比喩的に表現されていると言える。

パラケルスス医学と分離の概念

ノリウスに拠れば、体内の錬金術的変化は不純物から純粋なものを取り出し、「あの高貴なる精髄」('that noble Essence') を抽出するが、薬剤はその変化を助けるためのものであることを次のように説明している。

[. . .] Chymical remedies must not be used all times, nor in all Causes, but onely then, when our internal natural Alchymist is insufficient of himselfe to separate the pure from the impure, and perfectly to extract out of compound Medicines, that noble Essence in which the force and virtue, or spirit of the medicament is chiefly resident.

(Heinrich Nollius, *Hermetical Physick*, p. 99)

……錬金術的な処方はすべての時に、またすべての原因に使われるべきではなく、唯一、我々の、内在的な、自然の錬金術師が不純物から純粋なもの分離する際、そして完全に混合薬剤から効力と効果、もしくは薬剤の霊気が主に宿っている、あの高貴なる精髄を抽出するのに彼自身では不十分である時にのみ使うべきなのである。

ここで論じられている薬効の宿る精髄とは、第五元素でありヴォーンが「苦悩」の中で求めている「エリクシル」でもある。パラケルススの理論では、全てのものから「第五元素」と呼ばれる薬剤が取り出されると考えられていた。

[Elixir is] a certain matter Corporally extracted out of all the things, which Nature hath produced; and also out of every thing that hath a life in its self, and is separated from all impurities and Mortality, is most subtilly mundified, and likewise Separated from all the Elements; from hence it is evident, that Quintessence is as if it were the Nature, Power, Virtue and Medicine, shut up and imprisoned heretofore in things[.]
(Paracelsus, *Archidoxis*, p. 35)

［エリクシルとは］自然が生み出した全てのものから、それ自体の中に命がある全てのものから、物理的に取り出される、ある特定の物質である。それは、すべての不純物と死するものから分離され、精妙に洗浄され、同様に、すべての元素から分離される。ここから、第五元素があたかもこれまで物の中に閉じ込められ、拘束されていた自然、力、効能、そして薬であることは明らかである。

エリクシルは肉体的な病を癒す万能薬であるが、それは霊的な薬効をも有している。「苦悩」(‘Affliction’)の中で、ヴォーンは、自らの置かれた状況に抗いながらも、「昼があるようにとお定めになったあの御方」すなわち神は、「夜もまたあるようにと命じておられる」(‘he [= God], who ordain’d the day, / Ordain night too,’ ‘Affliction,’ ll. 8–9)、更には「もしも一年中、絶えず太陽が輝けば、／咲く花とてなく、／いたるところ干ばつと凶作、木陰を与えてくれる／一本の木もなくなるだろう。」(‘Were all the year one constant Sun-shine, wee / Should have no flowers, / And would be drought, and leanness; not a tree / Would make us bowers,’ ‘Affliction,’ ll. 21–24) と自らに言い聞かせている。そこには、苦難という毒を受け止め、その中から薬を抽出しようとする、医師としての任務を果たそうという意志が表されているのである。そして、自身の苦悩が「エリクシル」に変化すると信じるヴォーンは、キリストの十字架上での苦悩、そして贖罪を一種の薬として捉える医学へと目を向けることとなる。

キリストの十字架上の苦悩を変貌させることによって取り出される「エリクシル」は罪を浄化し、あらゆる汚れを洗浄する。ヴォーンが秘薬に求めているのは、この浄化の効果である。

キリスト受難と十字架の医学

苦難を受けることで「エリクシル」を求めようと試みるヴォーンの願いは、「裁きの日」('Day of Judgement') では次のような訴えへと変わる。

Give me, O give me Crosses here,
　Still more afflictions lend,
That pill, though bitter, is most deare
　That brings health in the end[.]

(Henry Vaughan, 'Day of Judgement', ll. 33–36)

僕に与えてください、ここで僕に十字架をお与えください、
　より多くの苦悩を加えてください、
あの丸薬、それは苦いけれども、最も貴重なものなのです、
　それは最終的に健康をもたらします。

この表現は、ダンの「十字架について」('Of the Cross') と題された詩の中での表現を下敷きにしていると考えられている。ダンは、清教徒が洗礼式において十字架を廃止したことを非難する一方で、清教徒も同意するような霊的レベルでの十字架の効用を、即ち「霊的な十字架」が一種の医薬となる場合について述べている。

Material crosses, then, good physic be,
And yet spiritual have chief dignity:
These for extracted, chymic medicine serve,
And cure much better, and as well preserve.
Then are you your own physic, or need none,
When stilled or purged by tribulation[.]

(John Donne, 'Of the Cross', ll. 25–30)

それ故に、物質的な十字架は、よき薬になるが、
霊的なものは主たる価値を持つのだ、
これらは、抽出された、錬金術的な薬として機能し、
よりよく癒し、そしてよく保存する。
だから、あなたはあなた自身が薬となるか、もしくは薬を必要としない、
艱難によって蒸留された、もしくは純化された時。

人は、「艱難によって蒸留された、もしくは純化された時」、自らが抽出された錬金術的な薬となり、さらにそれよりも強い効用を持ちうる、とダンは言うのである。

ヴォーンの表現では、三十五行目に'though bitter'という句が挿入されている。当時のパラケルスス医術においては、金属、鉱物由来の薬の苦さが非難材料の一つとなっていた。例えば、リンデンは、ヴォーンの表現が、パラケルススの医学理論、特に毒を薬へと変えることで自らの癒しを得ようとする手法に準じていることを次のように説明している。

Common among the charges levied against Paracelsian physicians was the bitterness of their metallic and mineral medicines, and central to Paracelsus's theory of healing was the view that cures resulted from administering potions of the same "poisons" that caused the illness in the first place. Thus, through additional adversities the speaker's sinful heart may be prepared for judgment before it is too late.

(Linden, p. 245)

パラケルスス学派の医者たちに対してなされる非難の中でよくあったのは、金属性のそして鉱物性の薬の苦さであった。そしてパラケルススの癒しの理論の中心にあったのは、次のような見解であった。即ち、治癒は、まず最初に病を引き起こす同じ毒の分量を施すことから生じた。かくして、付け加わった苦難を通して、話者の罪深い心は、遅くなり過ぎないうちに審判のために準備されるかもしれないのである。

ヴォーンは「審判の日」の詩において、苦悩の精神的「苦さ」を認識している。キリストの血を、例えばハーバートが「甘く神聖な液体」('liquor sweet and divine', George Herbert, 'The Agony', l. 17) と表現しているように、伝統的にはキリストの血は「甘いワイン」に喩えられることを考慮すると、ヴォーンは、キリストの血をパラケルススの医学理論に準じた苦い薬、強壮剤として表現しているのではないだろうか。ノリウスは「何故、薬がいつも病人を以前の健康へ回復させることが出来るとは限らないのか」('Why Medicines can not always restore sick persons to their former health') という項目で、その第八の原因に神の御心を挙げている。

The eighth and last reason is, the wisdome and the goodnesse of God, who (without further toleration) takes away the Patient, lest being recovered, he should commit more, and more heynous offences against his Maker, his Neighbour, and himself, to the utter misery and perdition of his soul. For every disease is an expiatory penance, and by this divine affliction, correction and rod of judgement is the patient called upon, and required to amend his life: or else by this fatherly visitation and imposition of the Crosse, [. . .] God doth oftentimes permit some particular persons to be afflicted with many and grievous Diseases, whom the cheerfulness and health of the flesh, with their dayly continuation in sins (if left without rebuke,) had cast at length into some desperate spiritual malady, to the manifest hazard of their eternal welfare: for health, without holinesse, and a penitent resentment of our frequent infirmities, is no token of Gods mercy, but rather of damnation, and the portion of this life.

(Henry Nollius, *Hermetical Physick*, pp. 112–114)

第八のそして最後の理由は、神の知恵と善意にある。神は（さらに忍耐することはなしに）回復すればより多くの、そして更に極悪な罪を彼の創造主と彼の隣人と自分自身に対して犯し、彼の魂が全くの悲嘆と破滅へ至ることのないように、患者を取り去る。なぜならばすべての病は、償いという意味での苦行であり、そしてこの聖なる苦悩、懲らしめと審判の鞭によって患者は訪れられ、彼の生活を修正すべく要求される。……そうでなければこの父親的な天罰と十字架の賦課によって、神はしばしば幾人かの特定の人間が多くの嘆くべき病で苦しめられることを許すのだ。その人たちを肉体の快活さと健康は、（もしも何の譴責もなく放っておかれるのならば）彼らの日常的な罪における継続で、ついには、彼らの永遠の幸福を明らかに危うくする程度にまで、何らかの絶望的な霊的疾患へと投げ込んでしまうであろう。なぜなら健康は、神聖さと我々の度重なる精神的弱点に対する改悛した憤りがないならば、何ら神の慈悲の予兆ではなく、むしろ天罰のそれであり、この死する命の一部となるのである。

病は罪の贖いとなり、聖なる苦悩であり、逆に健康は永遠の断罪となり得る、とノリウスが考えていたように、ヴォーンにとっての十字架は、苦難であると同時に、「健康をもたらす」「丸薬」となる。そして、これがヴォーンの霊的医学の根底となるのである。

第二節
マグラダのマリヤ、泪の「技」と錬金術

ヘンリー・ヴォーンのマグダラのマリヤ

「聖マグダラのマリヤ」('St. Mary Magdalen') と題された詩は、マグダラのマリヤを「いとしい、美しき聖人よ！」('Dear beauteous Saint!', l. 1) と称賛することで始まり、パリサイ人に重ねられた清教徒を、「自分自身を聖人とする者たちは、聖人ではないのだ。」('Who Saint themselves, they are no *Saints*', l. 72) と批判する形で終わる。真の聖人性が「この頃の、塗装された、欺くための敬虔さの見せかけ ('the painted and illuding appearance of it [= piety] in *these our times*')」と対比されつつ、詩は次のように終結するのである。[2]

Go Leper, go; wash till thy flesh
Comes like a childes, spotless and fresh;
He is still leprous, that still paints:
Who Saint themselves, they are no *Saints*.

(Henry Vaughan, 'St. Mary Magdalen', ll. 69–72)

去れ、らい病患者よ、去れ。洗え、君の肉体が
汚点なき新しい幼子の肉体のようになるまで。
依然として塗りたくる者は、依然としてらい病にかかったまま。
自分自身を聖人とする者たちは、聖人ではない。

「聖マグダラのマリヤ」の詩の中では、第三章で扱った「白い日曜日」と同様に、「自分自身を自負する」（'Self-boasting', l. 61）独善的な様子や、「自らを聖人と呼ぶ」行為によって、パリサイ人と清教徒が重ねられて描き出されている。ローマ・カトリック教徒的な装飾を排除したはずの清教徒を皮肉にも 'paint' という語で表現してその偽善性を強調しようとするヴォーンの意図が、ここに隠されている。過去の娼婦マリヤの幻影は、男性を誘惑する「偽装」行為と結び付けられ、現在の清教徒の宗教的堕落を表象しうる題材であったことが考えられる。更に、ここでの売春婦としての技、特に、娼婦時代のマリヤが持つ数々の品、たとえば、かつて美を確認していた「鏡」（'glass' l. 7）や、「高価な香油」（'rich, this Pistic Nard', l. 21）、もしくは、「虚栄の品々」（'curious vanities', l. 33）には、清教徒の歪んだプライドや虚栄心、さらには、「繁栄」の概念が投影されている。かつてのマリヤの化粧術は、今や彼女が獲得した「涙の技」（'art of tears', l. 47）と対比的に使われている。ヴォーンが描いている「化粧」（'paint'）の技は偽の錬金術師が作り出す偽エリクシルの効能に由来するものであるとも考えられる。[3] しばしば、錬金術師たちが、錬金術工程によって第五元素をとりだすことを「技」（'Art'）と呼ぶこと、そしてデッラ・ポルタ（Gio: battista Della Porta, ?1535–1615）が著書『自然魔術』の中で錬金術とともに化粧の方法や、髪をカールする方法について教示していることなどを併せて考えると、マリヤの技はこの世的な技としての「自然魔術」即ち実践的錬金術から霊的錬金術へと変化していることをヴォーンは暗示しようとしているのではないだろうか。[4] マリヤが涙という真の錬金術による秘薬を得る一方で、パリサイ人に暗示された清教徒の偽りの聖人性への批判が、「らい病」という疾患の描写を伴って試みられている。マリヤの聖人性の議論は、清教徒の聖人性を否定する議論へと置き換えられている可能性がある。

また、ヴォーンの詩の中では、パリサイ人がマリヤを罪人として見下したことへの非難が織り込まれている。詩人は、パリサイ人の「審判」（'judge'）が不当であることを次のように批判する。

Self-boasting *Pharisee!* how blinde
A Judge wert thou, and how unkinde?
It was impossible, that thou
Who wert all false, should'st true grief know;
Is't just to judge her faithful tears
By that foul rheum thy false eye wears?

(Henry Vaughan, 'St. Mary Magdalen', ll. 61–66)

自身を自負するパリサイ人よ！　何と盲目的な
そしてなんと不親切な審判だったのだろうか？
不可能だったのだ、おまえが
全くの偽りであるおまえが、まことの悲しみを知ることなど。
彼女の信仰深い泪を裁くことが正当であろうか、
おまえの偽りの目が帯びていた、あの偽りの目やにによって。

ここで示されている 'rheum' とは、一義的には「涙」(*OED*, 1.b. 'Tears') を意味する。だが、パリサイ人が盲目状態に陥っていること、もしくは、マリヤの信仰深い泪 ('her faithful tears') と対比させられていることから、「目を視えなくさせる粘液質」をも意図する。この対比は、清教徒に対するヴォーンの攻撃をより一層強めるものである。改悛によって真の聖人となったマリヤと、マリヤに対して彼女が「罪人」であるという判断をくだしたパリサイ人を並べ、彼らの眼からの蒸留物を比較することで、ヴォーンは、真なる聖人性とは何かという議論を試みようとしている。ここで体液が特定されているのは、当時の医学理論に起因する。

まず、贅沢品としての香油（'rare / Odorous ointments', ll. 33–34）は、薬剤の力を持ちえない（'They could not cure, nor comfort thee, l. 36)、とマリヤが認識したことをヴォーンは主張する。さらに、ヴォーンの詩で注目すべきは、バルム剤としてのキリストの血がマリヤの泪を生じさせたと考えている点である。

Whose [= Christ's] interceding, meek and calm
Blood, is the world's all-healing *Balm*.
This, this Divine Restorative
Call'd forth thy tears[.]

(Henry Vaughan, 'St. Mary Magdalen', ll. 39–42)

その仲裁する、柔和で静かな
血こそが、世界の、あらゆるものを癒すバルム剤である。
これが、この神聖な回復薬が、
あなたの泪を生じせしめたのだ。

マリヤの改悛は、キリストの血を介することで、娼婦が内包する罪悪が薬へと変化する、一種の医学なのである。

従来の指摘においては、詩人が医学思想を用いることによって、何を試みたのかは明らかにされていない。また、マリヤの「泪の技」('art of tears') がパリサイ人の眼を覆う粘液質と対比的に描かれている点も見過ごされている。本章では、十七世紀の医学理論、とりわけメランコリーに関する論文の中での体液の理論を参照しながら、清教徒の聖人性に対するヴォーンの批判を再確認することにしたい。

汚染された宗教

清教徒たちの熱狂主義は、ヴォーンの詩作品の中で、らい病疾患以外にも、様々な疾患として描かれている。詩人は、「熱狂」に由来する彼らの著作物が、聖なる本に「滲み」を付け、人々は盲目状態に陥っていると揶揄する。

Most modern books are blots on thee,
Their doctrine chaff and windy fits:
Darken'd along, as their scribes be,
With those foul storms, when they were writ;
While the mans zeal lays out and blends
Onely self-worship and self-ends.

(Henry Vaughan, 'The Agreement', ll. 25–30)

最近の本のほとんどは、あなたの上の滲みだ。
彼らの教義は、もみ殻であり、嵐のような発作。
その著者がそうであるように、それらが書かれた時に、
これらの偽りの嵐によって暗くさせられているのだ。
　人間の熱狂がただ、自己崇拝と利己的な目的だけを
説明し、混ぜ合わせているのだ。

真の聖書が「すぐに効く癒しの頁／葉」('the present healing leaves', 'The Agreement', l. 20) を持っているのと対照的に、近年の「本」が伝える教義は、「嵐のような発作」にすぎない。清教徒による誤った聖書

解釈は、一種の病の結果だというのである。この疾患の原因について、ヴォーンは、「宗教」と題された詩の中で、「毒」に汚染された水を挙げている。清教徒の毒された教義は、地下を掘り進めるように流れる水に喩えられることで、その盲目性がより強調される。

[. . .] in her [= Religion's] long, and hidden Course
Passing through the Earths darke veines,
Growes still from better unto worse,
And both her taste, and colour staines,
……………………………………
And unawares doth often seize
On veines of *Sulphur* under ground;

So poison'd, breaks forth in some Clime,
And at first sight doth many please,
But drunk, is puddle, or meere slime
And 'stead of Phisick, a disease[.]

(Henry Vaughan, 'Religion', ll. 33–36, 39–44)

宗教の長い、そして隠された道のりは、
地中の暗い水脈を通り抜けながら、
絶えず、より良きものからより悪しきものへと変わり
そしてその味と色の両方を汚し、
……………………………………

そして気づかず、それらがしばしば
地下の硫黄の鉱脈を捉える。

そのように［宗教は］毒を混ぜられて、とある地域へと
噴出する。それは、一見して、多くの人を喜ばせる。
しかし、飲まれると、泥水で、ヘドロにすぎぬ。
それは、薬になるかわりに、病気なのだ。

地中をゆく毒水は、大地をも汚染する。ここでは、新しい宗教の毒の成分が「硫黄」であると、ヴォーンは主張している。「硫黄」は地獄を表し、その臭いは錬金術師の、特に偽錬金術師のしるしになっていたことを、すでにチョーサーやロッジの作品の中でみてきた。清教徒の教義は、一見して人々を喜ばせる湧水のように見えるが、実際は「薬」にはなり得ずに、それ自体が「病」であるというのである。この毒水は循環し、マクロコスモスにおいて「もや」('mist', 'The Agreement', l. 3) や「蒸気」('smoke', 'The Shower', l. 12) という言葉で表された毒気となり、自然を汚染する。一方で、ミクロコスモスのレベルでは、それを飲む人たち、即ち清教徒たちの体内を循環し、「粘膜分泌物」('rheum', 'St. Mary Magdalen', l. 66) や「粘液質の体液」('phlegm', 'The Proffer', l. 44) となって、病を引き起こす。

体液の医学とメランコリー

第三章では、「宗教」の音が騒音として描かれていることを確認したが、これらの音が具体的に表すものは、宗教的熱心さを表そうと声を大にする叫び声であることが想定される。王政復古後のブロードサイド・バラッドの中で十七世紀中葉の宗教的混乱状態が歌われている。国王チャールズの治世が「偉大なチャールズだったら如何に静かに統治しただろうか」('How quietly Great CHARLES might reign')と表現される一方で、国教忌避者たち(recusants)の騒がしさが以下のように諷刺されている。

He whom the Sisters so adore,
Counting his Actions all Divine,
Who when the Spirit hints, can roar,
And if occasion serves can whine;
　Nay he can bellow, bray or bark.(5)

修道女たちがとても崇めているあの人は、
彼の行為がすべて神聖なものであると考える。
その人は、聖霊が仄めかすとき、喚くことができ、
そして機会があれば、訴えるような声を出すことができ、
　否、どなり、いななき、吠えることができるのだ。

十七世紀の中葉にあっては、急進派清教徒たち、とりわけ喧騒派の信者たち(Ranters)を想起させる。例えば、一六五〇年に糾弾された喧騒派信者の一人は、「呑み騒ぎ、冒涜的な言葉を吐いているときに逮捕

された」(‘he was taken reveling and blaspheming’) が、「彼の話は、聞けば人の耳をガンガン響かせる」(‘speeches of his [. . .] would cause a mans ears tingle to hear’) ような「悪魔的な表現」(‘Diabolical expressions’) と述べられている。[6]

ヴォーンは、彼らの「叫ぶ宗教的熱心さ」(‘crying zeal’, ‘The Constellation’, l. 40) を揶揄し、「彼らはその騒音によって正体が知られて」(‘known by their noise’, ‘The Constellation’, l. 44) しまうと書いた。同じく王党派詩人であるダヴェナントも、清教徒の説教を「聖書を読むことが出来る前に不遜にも教えることを目的としている」(‘proudly aim to teach, ere they can read [the Bible]’, Davenant, p. 157) と言い、聖霊による霊感に基付いた音声が聖書の記述を凌駕するという彼らの急進的主張を非難している。

ロバート・バートン (Robert Burton, 1577–1640) によれば、清教徒たちは「宗教的メランコリー」(‘Religious Melancholy’) という一種の病的状態にあると考えられ、彼らは説教や講話を頻繁に聞くことで誤りへと陥る (‘they [. . .] that follow sermons, frequent lectures [. . .] are most apt to mistake, and fall into these miseries’, Burton, p. 420) のである。さらに、バートンは、メランコリー症状の特徴の一つが不安感や焦燥感である (‘They [= melancholic men] are in great pain and horror of mind, [. . .] restless, full of continual fears, cares, torments, anxieties’, Burton, p. 422) とも言っている。興味深いことにヴォーンもまた堕落した「ひと」の症状を「安らぎがない」(‘restless’) 状態であると表現する。

Man hath still either toys, or Care,
He hath no root, nor to one place is ty’d,
But ever restless and Irregular
About this earth doth run and ride[.]

(Henry Vaughan, ‘Man’, ll. 15–18)

人は気苦労や不安をいつも抱え、
彼には根がなく一つの場所にとどまってはいられない。
そしてこの地上のまわりを絶え間なく不規則に
走り、乗っていく。

詩人は 'restless' という語によって、この状態の「ひと」が清教徒であることを暗示しているのかもしれない。例えば、マーヴェルが「ホラチウス風オード」('An Horatian Ode upon Cromwell's Return from Ireland') の中で、クロムウェルを次のように表現していることからも、清教徒的な急進性が 'restless' と認識されていた可能性がある。

[. . .] <u>restless</u> Cromwell could not cease
In the inglorious arts of peace[.] (Andrew Marvell, 'An Horatian Ode upon Cromwell's Return from Ireland', ll. 9–10)

……休むことを知らないクロムウェルは
不名誉な平和の技においてやめることはできないのだ。

ヴォーンもまた、清教徒の宗教心をメランコリー症状として考え、彼らの病的側面に注目していたのかもしれない。そして病気の一症状として宗教上の分裂、分派が起こり、本来ならばひとつであるはずの「扉」('[God's] door', 'The Law and the Gospel', l. 25、もしくは、'door', 'Christ's Nativity', l. 26) の前で神に祈ることができず、「人はあらゆる扉をたたき、迷い、彷徨う」('He knocks at all doors, strays and roams', 'Man', l. 22) ことになるのである。また、数多くの扉と同様に、堕落した「宗教」が持つ、「偽りの反響」('False *Ecchoes*', 'Religion', l. 38) も複数性をその特徴としており、逆に言えば、宗教的メランコリー症状が増幅させる複数の音、騒音が宗教的堕落を深刻化させているのである。

ヴォーンは「申し出」('The Proffer') の中で、「静かにしておれ、黒い寄生虫よ」('Be still black Parasites', l. 1) と敵の複数の音に抵抗しながら、共和制の人々の「申し出」を断ろうとしているように思われる。[7] 詩人は、敵を「有毒の、ずるい、羽根持つもの」('poisonous, subtle fowls', l. 13) と呼んで、追い払おうとする。そして「おまえの言うコモンウェルスも栄光も自分の話に詰め込むつもりはない」('I'll not stuff my story / With your Commonwealth and glory', ll. 35–36) と言う。さらに詩人は次のように言い放つ。

Spit out their phlegm
And fill thy breast with home[.]
(Henry Vaughan, 'The Proffer', ll. 44–45)

彼らの懶惰の体液を吐き出せ
そしてお前の胸を天の故郷でいっぱいにしろ。

ここでヴォーンはハーバートの「汝の懶惰の体液を吐き出せ、そして栄光で汝の胸を満たせ」('Spit out thy phlegm, and fill thy breast with glory', 'The Church-Porch', l. 92) を受け、「彼らの懶惰の体液を吐き出せ」('Spit out their phlegm') に変更している。この変更には二重の意図があるだろう。まず、ハーバートが母国 ('England', l. 91) に向けた句の中の 'thy phlegm' を 'their phlegm' に変更することで、ヴォーンは自身の敵が「複数」存在することを明らかにしている。更に、敵である「人々」の具体的な状態、即ち敵の身体の要治療状態をも浮かび上がらせる。この変更には、医師としてのヴォーンの意図が隠されていると考えられる。

即ち「懶惰の体液を吐き出せ」という処方は、「粘液質の人間は多くの水質性で粘液性の物質を吐瀉し、そうでなければ排泄すべきである」('[phlegmatick men should] vomit up much watery and Phlegmatick mater, or otherwise spit and evacuate it', B. A., p. 14) という医療的な処置を意識しているものだろう。医学的に見ると、この「痰」('phlegm') の増加は、体内に騒音を発生させる ('while it strives for passage out, it causeth murmurings and noyses in the Belly, like wind breaking through narrow passages', B. A., pp. 14–15)。ヴォーンの処方は、敵たちの乱れた体内の音を鎮静化し、彼らの騒音の一部に抵抗することが期待できる。医学的表現に注目した場合、詩人は特定の体液の性質を知った上で敵の騒音に抵抗し、治療を施そうとしていることが窺われる。

十七世紀の医学においては、「粘液質の体液」が原因で「粘膜分泌物」が発生すると考えられていた ('The Material Cause [of Catrrh or Rheum] is a Flegmatick Humour', B. A. , p. 151)。また、アンドレ・ローレンティウス (Andreas Laurentius, 1558–1609) は、メランコリー患者への治療の一環として、「粘液質の体液」を浄化することで病的な「粘膜分泌物」を治癒させようとした (pp. 141–167) が、このことからも、「粘膜分泌物」とメランコリー疾患の因果関係が見受けられる。ティモシー・ブライト (Timothy Bright, 1551?–1615) はメランコリー気質の人間の体液について次のように述べている。

> The particular excrements, especially worth noting, are [those] that voyde from our head, stomach, and chest. From the head, melancholicke men have abundance, by reason of the stomaches cruditie, whose vapors it congeleth, or gathereth into rhewme, and distilleth it into the mouth.
>
> (Timothy Bright, *A Treatise of Melancholy*, p. 182)

その特定の排泄物は、とりわけ注目に値するのは、我々の頭、腹、胸から排泄するものである。腹の粗雑さが原因で、メランコリー状態の人間は、頭から多くの量のものが湧き出る、その蒸気を頭は凝固し、もしくは涙の中に集め、そして口の中へと蒸留する。

このような医学的理論からすれば、ヴォーンは、‘rheum’という特定の粘液に言及することで、清教徒の堕落状態をメランコリー疾患として浮き彫りにし、彼らの体内で悪性の体液である「粘膜分泌物」(‘phlegm’)が増加していることを暗に非難しているということができる。

この‘phlegm’は、‘rheum’として眼を覆うだけでなく、胸の内的疾患にも導く。パラケルススは、「悪性の粘液」が「心臓の震え」を引き起こす(‘[Trembling heart] riseth from the Membranes, [. . .] it being compressed with corrupt and ill Flegm’, Paracelsus, *Paracelsus of the Supreme Mysteries Nature*, pp. 131–132)と考えている。この心臓の震えは、「安らぎのなさ」と共に、バートンによれば、「宗教的メランコリー」の症状でもあり、肉体的であると同時に、心理的な「震え」としても表されている。

> [. . .] they [= melancholic people] can think of naught, *their conscience will not let them be quiet* [. . .] they are in doubt still they shall bee ready to betray themselues, as Cain did, he thinks euery man will kill him: *And roares for the very griefe of heart* [. . .] <u>a trembling heart</u> they haue, a sorrowfull mind, and haue <u>no rest</u>.
>
> (Robert Burton, p. 780)

……彼ら［メランコリー症状の人たち］は何も考えることはできない、彼らの良心は彼らを静かにさせはしないだろう……彼らは、彼ら自身が自分を裏切るかもしれないという疑惑の中に絶えずいる。カインがそうだったように、すべてのひとが自分を殺すつもりだと考えている。そして彼は心の悲しみのために叫ぶ。彼らは震える心を、悲しき精神を持っており、全く休むことはない。

ヴォーンの詩「申し出」の中で、敵は、‘phlegm’の増加のせいで、この宗教的メランコリーの病状に陥っており、声を更に大きくしてしまう。ヴォーンは、自らに‘phlegm’を吐き出す代わりに、「胸を天の故郷でいっぱいにしろ、お前の夢をよく考えるのだ」(‘fill thy breast with home; think on thy dream’, l. 45)と言い聞かせているが、それは、真の喜びを確認することで、「メランコリー気質の人は心地よいことを何も考えることができない」('they [melancholic people] can think of nought that is pleasant') という状態を治癒しようとする、「胸」の治療法でもある。それは、「卒中」そのほかの原因が「粘液質の体液」にあり、その全ての癒しの力はキリストが握っているとする、例えば、ベーメの考えと同質のものと考えることができるだろう。ベーメは次のように論じている。

> All apoplexies, the French or poisonful pox and sores do arise from the *Saturnine* water in *Mercury*, which [water] is called *Phlegma*, all which Christ healed in the Form or Signature of the young man, and Virgin.
>
> (Jacob Boehme, *Signatura Rerum*, p. 111)
>
> すべての卒中、フランス由来のもしくは毒性の梅毒と腫物は、水銀中の鉛の水から生じる。その水は「フレマ」と呼ばれ、そのすべてをキリストは若い男性や聖母の形もしくは徴の中で癒したのである。

マリヤの「技」と第五元素

ヴォーンの描くマリヤの改悛もまた、「神聖な回復薬」('Divine Restorative, l. 41) であるキリストが生じさせた泪によってもたらされている。マリヤの眼は、「罪の、ふしだらな誘惑の視線」('sins loose and tempting spies', l. 58) から「信仰深い、嘆きの眼」('pensive, weeping eyes', l. 57) へと変化し、その際に発せられる「光は／暗がりをさまようものたちの眼を開く」('whose light / Helps such dark straglers to their sight', ll. 59–60) と描かれる。ここでヴォーンは、第五元素としてのマリヤの泪に、パラケルススが次のように述べた効用を想定しているようである。

[. . .] a spot or film is took off from the Eye, wherewith it was darkend afore, even so doth the Quintessence mundifie [= cleanse, purify] the Life in man[.]

(Paracelsus, *Archidoxes*, p. 43)

……眼がそれによって以前に暗くされていた斑点や膜がそこから取り除かれる。第五元素が人間の中の生命を洗浄するのである。

マリヤの泪は、第五元素であるが故に、人間の中にはびこる悪を浄化させる。その効果は、実際に盲人の眼を覆う膜を取り払うだけでなく、罪をも取り除くのである。

さらに注目すべきは、ヴォーンが次のような霊的な闘いにおける攻撃性を見せていることである。

Learn *Marys* art of tears, and then
Say, *You have got the day from men.*

(Henry Vaughan, 'St. Mary Magdalen', ll. 47–48)

マリヤの泪の技を学ばれよ、そして
言うがいい、あなたは人々から勝利を得た、と。

ラドラムは、'get the day' を「勝利を得る」('win the victory', *OED*, 'Day', *sb.* 10) の意で解釈し、マリヤの悔悛の泪は、彼女が永遠の命を得た ('Mary's tears of penitence have won her eternal life') ということであると指摘している (Rudrum, p. 618)。医学的錬金術の観点から重要なのは、マリヤの泪が、第五元素の働きをしているということである。パラケルスス医学における最終目標は、永遠の生命を得るために第五元素を探求することであった。[8] 換言すれば、マリヤの「人間の世界から離れた勝利」即ち、「永遠の命を得る」という帰結は、この第五元素の獲得として読み替えることができるのである。

マリヤが真の聖人になったことは、真の泪を得るという霊的レベルでの医術によって証明される。そしてその泪は、時に、開眼の作用をもつ薬として描写される。ヴォーンは、『オリブ山』(*The Mount of Olives, or Solitary Devotions*, 1652) の中で、改悛の際の祈りについて説き、自らの眼を見開こうと試みる際に、神に対して眼の薬を塗ってくれるよう、次のように懇願している。

[A]noint my Eyes with Eye-salve, that I may know and see how wretched, and miserable, and poore, and blinde, and naked I am, and may be zealous therefore and repent! (Henry Vaughan, *The Mount of Olives*, p. 48)

私の目に、眼の膏薬をぬってください、どれほどに私が卑劣で、みじめで、貧しく、盲目で、どんなに無防備であるか、それが分かるように、そして、熱心になり、そうすることで悔い改めることができますように。

自身の盲目性を認識し、だから「悔い改める」ため、'eye-salve' という「塗り薬」が必要なのである。更に、ヴォーンの表現は、'zealous' という言葉の直後に 'therefore and repent' と続けることで、「熱狂」に対する警戒心を暗示しているとも解釈できる。その薬は、マグダラのマリヤが得た第五元素であり、「真の泪」である。そしてその泪と信仰の炎こそが、「盲人のための塗り薬」を調合するとヴォーンは考えている。

[. . .] with true tears wash off your mire.
Tears and these flames will soon grow kinde,

And mix an eye-salve for the blinde.
Tears cleanse and supple without fail,
And fire will purge your callous veyl.
(Henry Vaughan, 'Vain wits and eyes', ll. 4–8)

まことの泪を持ってして、あなたの泥を洗い流すがよい。
泪とこの火はすぐに溶け合って、
盲人のための塗り薬を調合する。
泪は必ずや、あなたの硬い膜を洗い清め、柔順にし、
炎は、それを浄化する。

この詩は、『火花散る火打ち石』の第二版が出版された際に、詩集の冒頭に掲載され、消失したエンブレムの代替であると考えることができる。エンブレムで描かれている血と泪は、錬金術における第五元素であり、ヴォーンの石のような心は、自らが錬金術を受けることで、そこから医薬をとりだそうとする。「同意書」と題された詩の中では、医師としてのキリストが詩人を癒そうとしている。

[. . .] thou [God]
Dost still renew, and purge and heal:
Thy care and love, which joyntly flow
New Cordials, new Cathartics deal.
(Henry Vaughan, 'The Agreement', ll. 55–58)

……あなたは
絶えず再生し、浄化し、癒してくださいます。

あなたの気遣いと愛、それは共同して
新しい強壮剤を注ぎ、新しい瀉下薬を分け与えてくださいます。

キリストの血は、一種の「強壮剤」であり、マリヤの泪は、一種の「瀉下薬」であると言えるだろう。ここで両方の薬剤に「新しい」という単語が付加されているのも、精神的錬金術に準じた、新たな医薬、というニュアンスを込めていると考えられる。ヴォーンは、内乱で流された「血」と「泪」を、単に糾弾に用いるのではなく、それぞれに錬金術的な変化を加えることで霊的な薬剤としているのである。

十七世紀の中葉、終末論が鳴り響く混乱した世界の中で、既に見て来たように、ミルトンは、世界が罪によって病的状態に陥っていることを腫瘍のイメージを用いながら描き、救世主キリストが再降臨するまでは、悪性と良性の両方の腫瘍を含みながら、世界が続いていくことを示した（*Paradise Lost*, Book XII, ll. 537–551）。この堕落した世界は、救世主キリストの再降臨により、「滅ぼされる」（'dissolve[d]'）ことで「浄化され、清められる」（'purg'd and refin'd'）[9]。そこには、罪悪がはびこった世界は、すべてが破壊されることによってしか浄化されないという考え方が暗示されている。一方で、ヴォーンは、最後の審判を受ける準備を整えながら、十字架上のキリスト及び改悛後のマリヤという真の「聖人」の体液を第五元素として取り出すことで、病的社会が浄化され、治癒されることを願っているように思われる。

ヴォーンのマグダラのマリヤは、第五元素の「浄化」機能によって、真の「聖人」となる。ハーバートは、悔い改めたマグダラのマリヤが、キリストの足をぬぐいながら、自らの罪をも洗い流したことを、「キリストおひとりを洗うことで、二人ともを洗った」（'in washing one [= Christ], she washed both [= Christ and herself]', 'Marie Magdalene', l. 19）と描いているが、ヴォーンは第五元素の解毒作用という医学的論拠を加えながら、マリヤの改悛を描いたのである。ハーバートが 'Marie Magdalene' と題したのに対し、ヴォーンは 'St.' を付け加え、'St. Mary Magdalen' と題しているのも、ヴォーンがマグダラのマリヤを確固たる「聖人」と崇めていることを意味する。[10] こうして詩人は、医学物質という絶対的な証拠により、マリヤの聖人性を示し、清教徒の偽善的聖人性の批判を試みたのである。

第四章　注

（1）Paracelsus, *Volumen Medicinae Paramirum* (1949), p. 29.

（2）Martin, p. 181、Rudrum, p. 618 を参照。

（3）例えば、ベン・ジョンソンの『錬金術師』の中では、サトルが清教徒の牧師、トリビュレーションに対し、秘薬であるエリクシルは、化粧や若返りの薬として効果をもっているので女性の信者を集めるために使えばいい、と言って次のように唱えている。

A lady, that is past the feate of body
Though not of minde, and hath her face decay'd
Beyond all cure of paintings, you restore
With the oyle of *Talck*: there you haue made a friend[.]

(Ben Jonson, *The Alchemist*, Act III. Scene 2, ll. 33–37)

（4）ポッタ『自然魔術』二三九―二四九頁を参照。

（5）'The Geneva Ballad: To the Tune of 48' (London, Printed for R. Cutler in Britain, 1674).

（6）*The Arraigment and Tryal with a Declaration of the Ranters*, p. 2.

（7）Rudrum は '[Hutchinson] sees this poem as alluding to Vaughan's refusal of a place [. . .] under Commonwealth' と述べている (Rudrum, p. 595)。ヴォーンと共和制の関係については、Hutchinson, p. 125: 'if Vaughan commended his friend for accepting office, there are allusions to his having himself refused tempting offers of place, when his broken fortunes needed support'. 及び Simmonds, pp. 105–107 参照。

（8）パラケルスス医学における第五元素の概念については、Paracelsus, *Archidoxes*, pp. 25–49: 'Of Quintessense' の項を参照。

（9）リンデンはここでのミルトンの表現が錬金術に準じた表現になっていることを指摘している。Linden, p. 257 を参照。

（10）ハーバートは、キリストの血がバルサムという薬剤となるのは、改悛した罪びとの涙と融合する必要があると考え、次のように言っている。

These drops [= Christ's blood] being temper'd with a sinners tears
A Balsome are for both the Hemispheres:
Curing all wounds[.]

(George Herbert, 'The Sacrifice', ll. 25–27)

ハーバートの表現は、初期近代の英国において、改悛の涙がキリストの血を変化させ、救いの効力を発現させるものとすることが認識されていた根拠を示すものであるが、ヴォーンの描写は、その涙の成分をさらに特定するものとなっている。

第五章
神秘主義思想の自然とヴォーン

第一節
'The Night' 再考

「夜」('The Night') と題された詩の中で、ヴォーンは、旧約聖書の時代の神殿や、英国国教会的な外形的儀式を行う場所がない状態でも、神の「作品」である自然こそがキリストを宿していることを次のように描いている。

No mercy-seat of gold,
No dead and dusty *Cherub*, nor carv'd stone,
But his own living works did my Lord hold
And lodge alone;
Where *trees* and *herbs* did watch and peep
And wonder, while the *Jews* did sleep.

(Henry Vaughan, 'The Night', ll. 19–24)

黄金でできた贖罪所もなく、
死んでちりをかぶったケルビムや彫刻された石もなく、
彼の生きている作品だけが私の主を抱き、
そこに宿したのだ
そこでは木たちと草たちが目を見張り、見つめていた
そして驚いたのだ、ユダヤ人たちが眠っている一方で。

ここでの 'His own living works did my Lord hold / And lodge alone' という表現は、主語と目的語が交換可能であるため、「私の主」('my Lord') が創造主として「彼自身の作品」('His own living works') を宿した、と同時に、神の作品である自然がキリストを宿しているとも解釈できる。ヴォーンはここで、キリストと被造物とが一体であることを意図的に表しているのである。自然という神殿の中での神秘体験は、トマス・ヴォーンによっても同じ、夜の出来事として描かれている。トマスは彼の一つの著作の中で、不思議な夢を見た、と語る。以前には経験したことがないような「より深い色をした夜」('a night of a more deep tincture') の中で彼は自分が森の中にいることに気付く。

> I found myself in a grove of bays. The texture of the branches was so even—the leaves so thick and in that conspiring order—it was not a wood but a building. I conceived it indeed to be the Temple of Nature [. . .]. This I thought was very pretty, for the silence of the night, suiting with the solitude of the place, made me judge it heavenly.
>
> (Thomas Vaughan, *Works*, p. 20)
>
> 私は月桂樹の森の中にいた。その枝の組織はとてもなめらかであった——葉はとても生い茂っておりあのように相重なって並んでいたので——それは一つの森ではなく一つの建物であった。私はそれが自然の神殿であるとわかった。……これはとても美しいものであると思ったのだ、なぜなら夜の静寂は、その場所の孤独に適合して、それを天のように感じさせたからだ。

トマスに此の世ならぬ美しさを感じさせた静けさは昼の喧騒のなさ、「夜の静寂」であった。トマスは別の箇所で、昼と夜の相関関係について、「肉体の夜は、短く言えば、すべての霊の会合である」('Night of the Body [. . .] is in few words the rendezvous of all spirits', Thomas Vaughan, *Works*, p. 224) と言っている。へンリー・ヴォーンもまた「夜」を以下のように賛美している。

Dear Night! this world's defeat;
The stop to busie fools; cares check and curb;
The day of Spirits; my soul's calm retreat
Which none disturb!

(Henry Vaughan, 'The Night', ll. 25–28)

愛しき夜！　この世の敗北と取り消し
忙しい愚か者たちの休止場所。気苦労を止め、抑制するもの。
霊たちの昼。我が魂の静かな後退
誰も邪魔することのないもの！

ここでは「夜」と「霊たちの昼」が同じものとして表現されている。'The day of spirits' という表現に関しては、ヘンリー・ヴォーンが散文『生と死について』(*Of Life and Death*, in *Flores Solitudinis*, 1654) の中で類似の表現を使っており、ヴォーン兄弟がパラケルススを始めとするヘルメス思想に影響を受けている一例であると考えられる。更にヘンリー・ヴォーンは同じ著書の中で次のようにも論じている。

Paracelsus writes, that the watching of the body is the sleep of the Soul, and that the day was made for Corporeal Actions, but the night is working-time of Spirits.

(Henry Vaughan, *Of Life and Death*, Martin, p. 305)

パラケルススは次のように書いている、肉体の目覚めは魂の眠りであり、また、昼は肉体の動きのためにつくられた、だが、夜は霊が動いている時間である。

この神秘主義的な光と闇の関係がヴォーンの詩「夜」のなかでも言及されている。この詩の冒頭で、ヴォーンは「夜」を「あの光栄なる昼の光の上にひかれた神聖なとばり」('That sacred veil drawn o'er Thy glorious noon', 'The Night', ll. 2–3) と言っており、夜という時空間は昼とは対極にあるものではなく、昼の光の上に神が帳を引いたものと考えている。更にヴォーンは、神秘主義思想との距離感を保とうとするかのように、次のように書いている。

There is in God (some say)
A deep, but dazzling darkness[.]
(Henry Vaughan, 'The Night', ll. 49–50)

神の中には（ある人達はそう言うのだが）
深い、しかし目の眩む暗闇がある

この表現は、神との会見の場が光と闇の同時存在の場であることを示唆しており、ディオニソスやトマス・ヴォーンなどの神秘主義思想の理論を基本にしたものであることが指摘されてきた (Rudrum, p. 629)。また、ディオニソスは「聖なる暗闇は、その中に神が住んでいる、近付くことができない光である。」('The Divine Darkness is unapproachable light, in which God is said to dwell') とも言っている (Rudrum, p. 629)。ラドラムは、トマス・ヴォーンの以下の言葉を引用している。

That which is above all degree of intelligence is a certain infinite inaccessible fire or light. Dionysius calls it Divine Darkness, because it is invisible and incomprehensible.
(Thomas Vaughan, *Works*, p. 269)[1]

知のすべての段階の上にあるものは、確かな無限の到達できない火、もしくは光である。ディオニソスはそれを聖なる暗闇と呼んでいる。なぜならそれは眼には見えず、把握できないものであるからである。

ヴォーンが、'some say' という表現を用いて「聖なる暗闇」の中に神が存在するという理論をあくまでも他者の意見であるかのように表していることは興味深い。このヴォーンの距離感は、ヘルメス主義思想のもつ危険要因、同時代の神秘主義と「宗教的熱情／狂信」とが共通して有していた非理性的な思想の危険性を回避しようとしているとも考えることが出来る。(2)

また、パラケルススやトマス・ヴォーンと同じくヘルメス学派の流れを汲む神秘主義思想家、ヤコブ・ベーメは日の光と夜は一つの「精髄」('Essence') であり、それぞれが「ティンクチャー」('tincture') であることを次のように論じている。

> [. . .] the Day is the Tincture, and yet the Day and Night in each other as one Essence.
>
> (Jacob Boehme, *Signatura Rerum*, p. 53)

日の光はティンクチャーである。そしてしかも昼と夜はお互い一つの要素として存在する。

昼と夜とが等価関係にあるのは、昼の光も、また夜の闇も、錬金術を可能にする、「ティンクチャー」としてヴォーンが認識しているためであると想定される。もしも、'The Night' を錬金術的な観点から読むことが出来るとすれば、ヴォーンは、自然という、錬金術でいうところの一種の「容器」('vessel') の中に「ティンクチャー」を加えることによって、キリストという黄金を取り出す錬金術を描いている可能性がある。換言すれば、ヴォーンは、神の被造物である自然がキリストの誕生を見守ったことを一種の錬金術として読み替えているとも考えられるのである。
'The Night' の中でキリストは「たぐいまれなる一輪の花」に喩えられ、次のように描かれている。

What hallow'd solitary ground did bear
　So rare a flower;
Within whose sacred leaves did lie
The fulness of the Deity?
(Henry Vaughan, 'The Night', ll. 15–18)

どのような、神聖な孤独な大地がはぐくんだのか?
　そのようなたぐいまれなる花を。
その聖なる花びらの中には
神聖さが満ち溢れている。

このような描写は、神の意志が働く場所としての自然の神聖さを示すものとして解釈することができる。ここでヴォーンは、神聖さの宿る場所を 'leaves' で表しているが、勿論それは、「花びら」(*OED* 2, 'A petal') の意であろう。「花びら」の意を表す 'petal' の *OED* の初例は、一七〇四年であり、一六〇〇年代には、「葉」と「花びら」が同じ 'leaf' という語で表現されていたからである。しかし、'leaves' という単語が使われることで、ヴォーンの言う神性 ('the Diety') は花 (coloured leaves) のみならず、葉 (green leaves) にも、更には地面に生える草にも宿ることが暗示される。この表現は、天に向かって伸びゆく花の位置関係を垂直的に捉えるのではなく、大地も花も、「路傍の草」(a 'high-way herb', 'And do they so?', l. 13) も、霊的には同じ位置に存在するという、水平的に捉える考え方をヴォーンが持っていたことを表している。これは、中世以来の存在の鎖の理論とは性質を異にするものであり、ヴォーンの表現が示唆する思想的な差異は、ミルトンの『失楽園』の以下の表現と比較することで明らかになる。

[. . .] from the root
Springs lighter the green stalk, from thence the leaves
More airy, last the bright consummate flower
Spirits odorous breathes: flowers and their fruit
Man's nourishment, by gradual scale sublimed
To vital spirits aspire, to animal,
To intellectual, give both life and sense,
Fancy and understanding, whence the soul
Reason receives, and reason is her being,
Discursive, or intuitive[.]

(John Milton, *Paradise Lost*, Book V, ll. 479–488)

根からは
軽やかな緑の茎が、その茎からは、なおも軽い
葉が生じて、最後には輝く完成した花が
馨しい香りを放つ。花と人間の栄養物である実は、
序所に段階を踏んで昇華され、
生物的、動物的、さらには知的な霊気へと立ち上り、
生命と感覚の両方、想像力と理解力を与え、そこから、
魂は、理性を受ける。理性こそは、魂の命である、

推論的なものであれ、直感的なものであれ。

ミルトンのこの表現は、存在の階梯の垂直の位置関係の中で植物の位置を表しているだけでなく、植物の各部分の、より霊的に高い層への連続性を顕著に示すものである。ミルトンは、「緑の茎」、「葉」が段階的に生じたのちに、「花」が姿を現すと言っている。ミルトンは、‘leaves’ と ‘flower’ が霊的に同じ位置に存在するものであるとは考えていない。例えば、ベーメが次のように論じたところにもその理論を見ることができる。

The heavenly Property setteth its Signature with fair Colours of the Leaves on the Blossoms, and the earthly [represents its Signature] by the green Leaves [or Springs] about the Blossom; but seeing this Kingdom of the outward World is only a time (in which the Curse is) and *Adam* could not stand in Paradise, the Paradisical Property soon passeth away its Signature, and changeth it self into Corn which growth in the Blossom[.]

(Jacob Boehme, *Signatura Rerum*, p. 69)

天国の属性はその徴を花の上の花びらの美しい色とともに記す。そして地上のそれはその徴を花の周りの緑の葉や芽によって表す。しかし外部の世界のこの王国が（その中に呪いがある）時間にすぎず、アダムは、楽園にとどまることが出来ないということを理解すると、天国の属性はすぐにその徴を過ぎ去らせてしまい、それ自体花の中に成長する種子へと変わってしまうのである。

「花」は天国につながる徴を持っている一方で、「葉」は地上につながる徴を持っているが、アダムが楽園を失ったように、この地上では、花もその「天国の属性」（‘the Paradisical Property’）をすぐに失ってしまう、とベーメは唱えている。‘leaves’ の神性の度合いが垂直的な位置関係で説明されている、ミルトンとベーメの表現とは異なり、ヴォーンは、'The Night' の中で、植物のどの部分も同じように「神性」が宿っていることを暗示しているのである。ヴォーンのこの水平的な捉え方は、ミルトンやベーメよりも更に、神秘主義的であるといえるだろう。

ヴォーンが生きた時代においては、祭壇は清教徒によって破壊され、「夜」が出版された時には既に英国国教会的な儀礼が法的に禁止されており、このような政治的要素が詩人を自然の中に神を見出す姿勢に向かわせたと考えられている。(3) ここからは、ヴォーンが描き出す自然を特にトマス・ヴォーンの著作を中心に神秘主義思想の理論を参照しながらみていきたい。

第二節
神秘主義思想の自然

十六、十七世紀の自然観では、人間の下位に人間以外の被造物が存在するという考え方が支配的な時代であった。詩や絵画においても自然描写は、中心になりえなかったし、自然の事物が比喩表現として使われる際も、あくまで人や事物が主旨 (tenor) となった。例えば、植物とりわけ花は人間の人生の短さを描く際に用いられた。(4) また、アダムの堕落により、自然もまた堕落したことをミルトンは『失楽園』の中で描いている。イブが禁断の果実を食べた際に、自然が呻き声を上げたことは次のように説明されている。

So saying, her rash hand in evil hour
Forth reaching to the fruit, she plucked, she ate:
Earth felt the wound, and nature from her seat

Sighing through all her works gave signs of woe,
That all was lost[.]
……………………………………
Earth trembled from her entrails, as again
In pangs, and nature gave a second groan,
Sky loured, and muttering thunder, some sad drops
Wept at compleating of the mortal sin
Original[.]

(John Milton, *Paradise Lost*, Book IX, ll. 780–784, ll. 1000–1004)

そのように言いながら、災いの時において彼女の無分別な手は
その果実に伸び、彼女はもぎ取って、食べた。
大地はその傷を感じた、そして自然はその座から、
彼女のすべての実りを通して、ため息をつきながら、
すべてが失われたという嘆きのしるしを与えた。
……………………………………
やがては死にゆくことになる原罪の完成に際して、
二度目の産みの苦しみのように、大地は彼女の内臓から震えた。
そして自然は第二の呻き声を上げたのだった。天空は
顔をしかめ、雷の音を低くゴロゴロと鳴らし、
幾らかの悲しい滴を流して泣いた。

アダムが罪を犯した時、自然の中に「毒気や靄、熱い蒸気」('Vapour, and Mist, and Exhalation hot', Book

X, l. 694）が生じたとも言っている。自然の中に毒が入り込み、被造物は病んだ状態になったのである。そして人は、その堕落した自然を制御する立場にあった。

また、アリストテレスが唱えたように、「理性的魂」（rational soul）を持つのは人間のみであると考えられていた。[5] 人間以外の生物たちには、「動物的魂」（animal soul）もしくは「植物的魂」（vegetative soul）しか与えられていないという考え方が十七世紀以前までは支配的なものであった。

自然との同化願望――ハーバートとヴォーン

ハーバートも他の被造物に対する人間の優位を主張しており、神が世界を創造したときに、あくまで人間のみに対して神の御業を教えたと考えている。それ故に、人間のみが世界のすべての生き物たちに代わって生贄を捧げるという。

> Of all the creatures both in sea and land
> Onely to Man thou hast made known thy ways[.]
> ……………………
> Man is the worlds high Priest: he doth present
> The sacrifice for all[.]
>
> (George Herbert, 'Providence', ll. 5–6, 13–14)

海のまた大地に存在するすべての生き物たちのなかで
人間だけに対してあなた［神さま］の方法を知らしめたのだ

人間は世界の最も位の高い聖職者だ――彼は
皆のために／全てのものたちに代わって、犠牲を捧げる

「人間は世界の最も位が高い聖職者」なのである。(6)

ヴォーンは、ハーバートの表現を反響させながらも、次のように書いている。

Man is their [= creature's] high-priest, and should rise
To offer up the sacrifice.

I would I were some Bird, or Star[.]

(Henry Vaughan, 'Christs Nativity, ll. 11–13)

人間は彼らの大祭司、だから起き上がらなければならない
その犠牲を差し出すために。

僕は鳥か、星であればよかったのに

ハーバートと同様、ヴォーンは、人間という存在が世界の罪を背負い、犠牲を捧げなければならない存在であることは否定していない。だが、ハーバートと大きく異なるのは、ヴォーンがここで人間であるよりはむしろ人間以外の、他の被造物であることを願っていることである。

また、別の詩の中でも植物や石や水、鳥か、星になることを望んでいる。

I would I were a stone, or tree,
Or flowre by pedigree,
Or some poor high-way herb, or Spring
To flow, or bird to sing!
(Henry Vaughan, 'And do they so?', ll.11–14)

僕は、石か、木か、
もしくは由緒ある花だったらよかったのにと思う。
もしくは、何かつまらない路傍の草か、流れる泉か、
歌うべく鳥であったらよかったのに

ヴォーンは人間が被造物を支配する存在であるとは思っていない。また、時には、被造物をより人間より優れた存在として描き出している。「ひと」('Man')と題された詩の中で、詩人は、原罪を背負っているせいで、「ひと」は、自然界の被造物ほどの知恵も持たないと嘆く。

He [=Man] knows he hath a home, but scarce knows where[.]
…………………………………………
He knocks at all doors, strays and roams,
Nay hath not so much wit as some stones have
Which in the darkest nights point to their homes,
By some hid sense their Maker gave[.]
(Henry Vaughan, 'Man', ll. 19, 22–25)

ひとは自分に帰る所があるのを知っている、しかし、何処にあるかはよくわかっていない。

……………………………………

　ひとは、ありとあらゆる扉を叩き、迷い、彷徨う。
磁石は、創造主がお与えになった秘められた感覚で、
暗い夜にも、帰るべき所を指し示す。
そんな石ほどの知恵もひとにはない。

その一方で、鳥や花、石たちが神の「謹厳さ」を身にまとっているという。

Where birds like watchful Clocks the noiseless date
　And Intercourse of times divide,
Where Bees at night get home and hive, and flowrs
　　Early, aswel as late,
Rise with the Sun, and set in the same bowrs;

　I would (said I) my God would give
The staidness of these things to man! for these
To his divine appointments ever cleave,
　And no new business breaks their peace[.]

(Henry Vaughan, 'Man', ll. 3–11)

鳥は、音もなく過ぎゆく日々と
　時の流れを分かつ。眠ることのない時計のように。
蜜蜂は、夜になれば巣箱につく。そして、花は、

早咲きの花も、遅咲きの花も、
陽とともに目覚め、同じ木陰に沈んでゆく。
彼らの、ぐらつかず、威厳を備えた生きざまを思い、

私は願う、我が神が、この生き物達の変わらざる謹厳さを
ひとに与えたまわんことを。彼らは、
絶えず神からの召しに励み、
安らいだ心は、新たな仕事の為に破られることはない。

ヴォーンが描く、神が被造物たちに与えた力は、次に検証していくように、ヘルメス哲学や新プラトン主義が論じた自然と神との関係に由来するものであると考えることが出来る。

「自然の本」をめぐって

ヘルメス学派の流れをくむ神秘主義思想家たちは、自然は神の声であると考えていた。例えば、ヘンリー・ヴォーンの弟、トマス・ヴォーンは次のように論じている。

[. . .] Nature is the Voice of God, not a mere sound or command but a substantial, active breath, proceeding from the Creator and penetrating all things.

(Thomas Vaughan, *Works*, p. 84)

自然は神の声である、それは単なる音や命令ではなく、創造主から生み出されすべてのものを貫く、ひとつの実

体のある、行動を起こさせる、息である。

神秘主義思想家たちは、自然が神の意志を反映するのは、神が天地創造の際にその力を被造物の中に吹き込んだからであると考えている。トマスは、「神が被造物すべての上に座って、地球を孵化した」('He [= God] is seated above all His creatures, to hatch', p. 81) こと、神の霊は地球上に働いており、「被造物の中では神の秘密の小路が存在する」('in them[= creatures] lies His [= God's] secret path', p. 85) こと、更には、神と自然との間には「神秘の口付け」('mysterious kiss of God and Nature', p. 93) が存在し、それがなければ永遠の生命は存在しないことも併せて説いている。更にトマスは「魂の上位の部分」('superior portion of the soul') は「神御自身が人に吹き込んだあの霊」('that spirit which God Himself breathed into man') であり、「それによって再び神とつながれる」('by which man is united again to God')、と論じている。[7] 兄ヘンリー・ヴォーンもまた、木や草や花には神の力が宿っていると言う。

Thou canst not misse his [= God's] Praise; Each *tree*, *herb*, *flowre*
Are shadows of his *wisedome*, and his Pow'r.

(Henry Vaughan, 'Rules and Lessons', ll. 95–96)

あなたは、神に賛美をしないではいられないはずです。木や草
花はおのおの、神の知恵、そして神の力の影なのです。

また、ヘンリーは、被造物の中に神の摂理を見出し、被造物の中には、人が神のもとへと戻ることが出来るために神によって「わな」('snares') が隠されており、「すべて己が鍵と調律された上昇音階を持っている」('All have their <u>keys</u>', 'The Tempest', l. 37) と言う。

Sure, mighty love foreseeing the discent
　Of this poor Creature, by a gracious art
　Hid in these low things snares to gain his heart,
And layd surprizes in each Element.

All things here shew him heaven; *Waters* that fall
　Chide, and fly up; *Mists* of corruptest fome
　Quit their first beds & mount; trees, herbs, flowres, all
Strive upwards stil, and point him the way home.

(Henry Vaughan, 'The Tempest', ll. 21–28)

確かに、全能の愛は、この可哀相な被造物が
　身を落とすことを予見して、恵みあふれるわざで
　人の心を捕らえるためこの低きものの中にわなを隠し
各々の元素の中に人を驚かせるものを仕掛けた。

ここにあるすべてのものは人に天を指し示す。落下する
　水はごうごうと流れ、そして上に向かってほとばしる。最も
　汚れた泡成す靄でさえその最初の寝床を離れて上昇する。木も
草も、花も、一切はたえず上へと奮闘し、人に帰り道を指さす。

'The Book' 再考

このように、神の御業を被造物たちのなかに見出そうとする詩人は、聖書の「紙」がかつては植物であり、聖書の表紙がかつては木や獣たちの皮であったことを神が知っていた、と次のように言う。

Thou knew'st this *papyr*, when it was
Meer *seed*, and after that but *grass*;
……………………………………
Thou knew'st this *Tree*, when a green *shade*
Cover'd it, since a *Cover* made,
And where it flourish'd, grew and spread,
As if it never should be dead.
Thou knew'st this harmless beast, when he
Did live and feed by thy decree
On each green thing[.]

(Henry Vaughan, 'The Book', ll. 5–6, 11–17)

あなたさまはこの紙を知っていた、それがただの
種、そしてそのあと、ただの草、にすぎなかった時に。
……………………………………
覆う表紙となって以降、あなたはこの木を知っている。
あの時、緑の葉陰がその木を覆っていた。
そしてそれが、あたかも決して死なないかのように、

何処で栄え、伸び広がったかをご存じだった。
あなたさまはこの危害のない獣を知っておられた、
彼があなたの意志によって生き
おのおの緑のものを食べていたときに。

ここでヴォーンは、最後の審判の時には被造物すべてが救われるという考えに準拠しながら、「自然の書」の一部である、木や獣の姿の移り変わりと神との関係について述べている。アリストテレス的理性的魂のとらえ方が人間を頂点とした垂直思考であるのに対し、ヴォーンの表現は、神秘主義思想の持つ、人間を含めた神の被造物が同等であるという水平思考を反映している。[8] 注目すべきことに、聖書中心主義、即ちロゴス中心主義とは対照的に、ヴォーンの「本」('The Book') は、聖書が解体されて、文字や言葉よりも被造物が中心の主題として描かれている。このような描写は、聖書のみを神の言葉とし、言葉は理性をもつ人間のみのものであると考えるような清教徒たちのとらえ方とは真っ向から対立するものである。[9]

霊感と自然

トマス・ヴォーンは、神の霊感を与えるのは自然の本のみであって、聖書ではないとさえ論じている。トマスが論じるには、「聖書」('Scripture') は神の存在について教えることはできても、神を知るための「霊感」('inspiration') は与えない。[10] そしてエドワード・ウェイト (Edward Waite) が指摘しているように、神と自然はイコールではないという考え方が清教徒のものであるとするならば、トマス・ヴォーンの理論は清教徒のそれと対照的なものであると言える (Thomas Vaughan, *Works*, p. 395)。トマスのように神の力を自然の中に見出すことは、思想的観点からは、反清教徒主義をも含有しうるのである。一方で独立派を含む、急進的清教徒は霊感を第一とし、他方で特に原理主義的な、保守派清教徒は聖書を重んじていた。ヘンリー・ヴォーンは、既に第四章でみたように、急進派清教徒たちが聖書を読まずに、霊感を受けて自らを「聖人」('Saint') と自負していることを揶揄しているが、神秘主義思想の論を根拠に考えると、ヘンリー・ヴォーンの自然描写は、自然の中に存在する神を見出そうともしない保守派清教徒たちに対する攻撃であるともとらえることができる。

「同意書」('The Agreement') と題された詩の中の以下の対比も自然と聖書との関係の中に含まれた、真の霊感とは何かを理解しない清教徒たちに対する批判であると考えられる。

Thou art the oyl and the wine-house:
Thine are the present healing leaves,
Blown from the tree of life to us
By his breath whom my dead heart heaves.
　Each page of thine hath true life in't,
　And Gods bright minde exprest in print.

Most modern books are blots on thee,
Their doctrine chaff and windy fits:
Darken'd along, as their scribes be,
With those foul storms, when they were writ;
　While the mans zeal lays out and blends
Only self-worship and self-ends.

(Henry Vaughan, 'The Agreement', ll. 19–30)

あなたは油であり、そしてぶどう酒の酒場だ。
あなたは、すぐに効く癒しの葉をお持ちになっている、
僕の死んだ心に同情してくださった、あのお方の息によって、
彼の命の木から僕たちのもとへ吹き飛ばされて来た葉だ。
　あなたの一ページ一ページの中にまことの命、
　そして活字で表された、神さまの輝かしい精神がある。

最近の本のほとんどは、あなたの上の滲みだ。
彼らの教義は、もみ殻であり、嵐のような発作。
その著者がそうであるように、それらが書かれた時に、
これらの偽りの嵐によって暗くさせられているのだ。
　人間の熱狂がただ、自己崇拝と利己的な目的だけを
　説明し、混ぜ合わせているのだ。

この詩の中でヘンリー・ヴォーンは、「あなたの葉は彼（キリスト）が広げた癒しの羽根」('Thy leaves are healing wings he spreads', l. 36) であるとも言い、聖書の頁 ('leaves') が「すぐに効く癒しの葉」('the present healing leaves') として医学効果を持ち、その理由を「命の木から吹き飛ばされて来た」からだ、という説明を加えている。聖書の頁のイメージを「葉」に喩えるのはハーバートの表現などにも見られるが、「命の木」から神の息によって吹き飛ばされた葉であるがゆえに、癒しの効果を持つという描写は、ヘンリー・ヴォーンに特有のものである。トマスのように、聖書自体を自然と対比して、前者を、霊感を与えないものとして全否定するのではなく、詩人は、「本」('The Book') で行ったように、聖書を自然と重ねた上で、それもまた霊感をもたらすものであることを暗示している。ヘンリー・ヴォーンにとっては、聖書も

また被造物なのである。一方で、最近の書物、即ち清教徒たちの誤った聖書解釈によって汚された本は「もみ殻」にすぎないと主張している。さらに、その書物は「熱狂」によってより盲目をひどくするものであるとも言って攻撃している。ヴォーンが描き出す自然は単なる比喩にとどまらず、神秘主義思想の理論に準拠しながら政治的、宗教的な意味を持つと考えられる。

磁力、感応力、霊的交渉

初期近代において、既に、新プラトン主義的思想が万物の間に存在する共鳴現象／感応性（sympathy）という考え方を流布させており、詩人たちはそれをしばしば自らの作品に援用した。例えば、ミルトンは『コーマス』(*Comus*, 1634) の中で、自分を誘惑するコーマスに対して純潔の力を擁護する「令嬢」('The Lady') に次のように言わせている。[11]

Yet should I try, the uncontrouled worth
Of this pure cause would kindle my rapt spirits
To such a flame of sacred vehemence,
That dumb things would be moved to sympathize,
And the brute Earth would lend her nerves, and shake,
Till all thy magic structures reared so high,
Were shattered into heaps o're thy false head.

(John Milton, *Comus*, ll. 793–799)

それでも私が試みるべきなのならば、この純粋な大義の
反駁されることのない価値が私の恍惚とした霊に火をつけ、
とても強い神聖な熱情の炎になるので、
言葉無きものたちが共鳴して動かされ、
野蛮な大地が彼女の筋肉を与え、そして震わせるでしょう。
ついにはそんなにも高くそびえさせたあなたの魔法の建物が
あなたの偽りの頭の上に塊となって落ちて粉砕されるでしょう。

神秘主義者たちの唱える感応力は、この sympathy のもつ魔術的要素を更に深化させた形で考えられ、また説明されている。トマスに拠れば、人は万物と霊的交渉をすら持つことが出来る。(12) それは被造物がみな同じ構成部分をもっているからである。

The normal, celestial, ethereal part of man is that whereby we do move, see, feel, taste and smell, and have a commerce with all material objects whatsoever. It is the same in us as in beasts, and it is derived from heaven [. . .] to all the inferior earthly creatures. (Thomas Vaughan, *Works*, p. 40)

人間の正常の、天の、またそして天上の部分というものはそれによって我々が動き、見、感じ、味を覚え、そして匂いを感じ取り、さらに、何であれすべての物質的な物と霊的な交感関係を持つものである。それは獣たちの中にあるように、我々人間の中にもあり、それは天から……下位に存在する地上の生き物たちすべてにもたらされている。

ヘンリー・ヴォーンは ‘And do they so?’ で始まる詩の中で ‘herb’ に ‘poor’ という修飾語をつけ、トマスは ‘inferior creature’ と言ったりする。それは一つにはトマスもヘンリーも伝統的な考え方に従って少なくとも肉体的には、人間よりも劣った被造物の存在を認識しているためである。ヘンリーの言葉を借りれば、「下界に住まう、ひとより劣った生き物たち」(‘some mean things which here below reside’, Henry Vaughan, ‘Man’, l. 2) なのである。しかしながら、先に見たように、神の意志を反映し、天国での性質を保持しているという点で人間以外の被造物のほうが人間よりも優れた存在として描かれることもある。霊的なレベルにおいては、被造物は人間を頂点とする縦の関係ではなく、万物は皆、神の下に平等で、時には神と霊的交渉を持つことができるという点において同等の関係を持っているように表現されている。それは万物が神の光を宿しているからである。

　更に、神秘主義思想家たちは、人間のみならず万物が「言葉」を持っていると考えていた。例えば、ヤコブ・ベーメは「動物や木、草の中で……自然はあらゆるものにその言葉を与えた」(‘in the living Creatures and also in the Trees and Herbs [. . .] Nature hath given unto everything its Language’, Jacob Boehme, *Signatura Rerum*, p. 4) と論じている。

　また、十七世紀の多くの人々は、地上の生物に対する星の持つ影響力、即ち占星術でいう感応力、天体から発して人に流れ込みその性格や運命に影響を及ぼすと考えられた霊気の力 (influence) を信じていた。特にその霊気は星から発生するとの考え方が主流であった。トマスは、以下のように説明している。

> There is not an herb here below but he hath a star in heaven above; and the star strikes him with her beam and says to him: Grow.
>
> (Thomas Vaughan, *Works*, p. 299)

この地上には、彼が天上に星をもっていない植物は一つたりとしてない。そして星は、彼女の光線で彼を打ち、彼に言うのだ、「生長せよ」と。

兄ヘンリーは、人と神との関係を草と星との関係で表すために、照応の理論を用いながら、「寵愛」と題された詩の中で次のように言う。

Some kinde herbs here, though low & far,
Watch for, and know their loving star.

(Henry Vaughan, 'The Favour', ll. 7–8)

地上の植物のいくつかの種類は、低くて遠いところにあるが
見張っているのだ、そして知っているのだ、彼らの愛しき星を。

トマスとヘンリーの描写は、植物が天上の生命力「アーキアス」('Archaeus')を喜びに溢れて思い出し、その場所にもう一度戻りたいと願っていることがその生長の根本であるという、以下のベーメの理論を体現したものであるだろう。

[. . .] the Earth, [. . .] is so very hungry after the [influence and vertue of the] Starres, and the *Spiritus Mundi*, (viz. after the Spirit from whence it proceeded in the beginning) that it hath no Rest, for hunger [. . .] we see in this hunger [. . .] how the undermost *Archæus* of the Earth attracteth the uttermost subtile Archæus from the Constellations above the Earth: where this compacted ground from the uppermost *Archæus*, longeth for its ground againe and putteth it selfe forth towards the uppermost; in which putting forth, the growing of Metals, Plants and Trees, hath its Originall. For, the *Archæus* of the Earth becommeth thereby exceeding joyfull, because it tasteth and feeleth its first ground in it selfe againe: and in this Joy all things spring out of the Earth[.]

(Jacob Boehme, *The Clavis or Key*, pp. 23–24)

……大地は……星の感応力と効果、そして霊的世界を求めて非常に渇望している。（すなわち始めに大地がそこから生じた霊を求めているのである。）そしてその強い渇望ゆえに休みがない。……我々はこの渇望の中で……どのように最も下にある大地のアーキアスが最も遠く離れた精妙なアーキアスを星座から誘引するかを見るのだ。地上では、最高位のアーキアスに由来する、この固く結びついた土が、その土壌を再び渇望し、最高位に向かって自らを成長させるのだ。この伸長にこそ、鉱物、草、木はこの成長の起源を持っている。なぜなら、大地のアーキアスはそれによってそれ自体の最初の土壌を再び味わい感じるので並々ならぬ喜びに溢れるからである。そしてこの喜びの中ですべてのものは大地から芽吹くのである。

この「アーキアス」（'Archæus'）という物質は錬金術用語としては'salnitrous vertue'、即ち硝石であり、パラケルススの用語では生物の活動を引き起こし統括する霊的元素、生命の根源、活力を表すものである。[13] このような理論は、今は植物の中にあるアーキアスが星のアーキアスを誘引するという現象を次のように描くヘンリーの詩行の中にも反映されている。

What ever 'tis, whose beauty here below
Attracts thee thus & makes thee stream & flow,
　　And wind and curle, and wink and smile,
　　　　Shifting thy gate and guile[.]

(Henry Vaughan, 'The Starre', ll. 1–4)

それが何であれ、ここでその美しさが
あなたをこのようにひきつけ、したたらせ、流れさせるのだ

そして風を吹かせ、瞬きをさせ、微笑ませる
　あなたの水門や水路を変えながら

この詩の中でヴォーンは、星の「密かな交渉」('thy close commerce', l. 5) の原因を、地上にある美しさが星の光を感応力によって導き出すからだとしている。ヴォーンは、その一つ「願い」('desire', 'The Starre', ll.17, 25) であると言い、それを夜の間ずっと働きかける「磁気」と呼ぶ。

These are the Magnets which so strongly move
And work all night upon thy light and love[.]

(Henry Vaughan, 'The Starre', ll. 21–22)

これは、力強く、君の光と愛を動かし、
夜もすがら働きかける磁気だ。

これこそが「神が霊的交渉をもたらし／信者の頭に神秘を注ぐ」('God a Commerce states, and sheds / His Secret on their heads', 'The Starre', ll. 27–28) 要因である。

ヴォーンは『詩集、英訳されたユヴェナリスの諷刺詩第一〇篇とともに』(*Poems with the Tenth Satire of Juvenal Englished*, 1646) に収録された、「彼のもとから去ってしまったアモレットによせて」('To Amoret Gone From Him') と題された詩の中では夕日を追う花たちのことを「感覚こそ持たないけれど／感応力の緩い結びつきを持つ被造物」('creatures [. . .] have no sense / But the loose tie of influence', ll. 19–20) と呼んでいるが、『火花散る火打ち石』の中では、被造物が、「感応力以外の何かの感覚」('a Sense / Of ought but Influence', 'And do they so?', ll.1–2) を持っていると考えている。そして、星だけではなく、草や鳥といっ

た被造物にも「感応力」のみならず特別な「感覚」が存在すると考えるようになるのである。ヴォーンは同じ詩集に収められた別の詩では、次のように言っている。

> Absents within the Line Conspire, and *Sense*
> 　Things distant doth unite,
> Herbs sleep unto the *East*, and some fowles thence
> 　Watch the Returns of light[.]
>
> (Henry Vaughan, 'Sure, there's a tye of bodies!', ll. 9–12)

> 互いに離れ離れのものも、気脈の中で、感応力が
> 　離れたものを結び付ける。
> 草は、東を向いて眠り、鳥の中には、東から
> 　光が戻って来るのを待ち構えるものもいる。

ここでの 'Line' や 'sense' も神秘主義思想家たちが唱えるいわば増幅された感応力の一種で、万物を結び付けるものであると考えられている。[14] この感覚は、被造物たちと神との霊的交渉を可能にする力でもある。

ヴォーンは、被造物の中でも特に、鳥たちの歌声の中に神の「教義」('doctrine', 'Providence', l. 26) を見出している。詩人が描く「雄鶏」は、まさに「東から光が戻ってくるのを待ち構え」ている鳥であり、「磁気」('magnetisme') を帯びている。それは神が植えつけたものであると詩人は言う。

> Father of lights! what Sunnie seed,
> 　What glance of day hast thou confin'd

Into this bird? To all the breed
This busie Ray thou hast assign'd;
　Their magnetisme works all night,
　And dreams of Paradise and light.

(Henry Vaughan, 'Cock-crowing', ll. 1–6)

光の父よ！　どんな太陽の種を、
どんな日の光のきらめきをあなたさまは閉じ込められたのか、
この鳥の中に？　その種族すべてに対して
この忙しい光線をあなたさまはお与えになった。
　彼らの磁気は夜のあいだずっと働き、
　楽園と光の夢をみる。

そして、この磁気は神から与えられる、「ティンクチャー」（'tincture'）や錬金術用語で「第五元素」を意味する 'touch' という言葉に言い換えられていく。この詩の中では、光の鳥たちが神を待ち望んでいる様子が、その 'tincture' や 'touch' の力に由来することが示され、同時に人間の信仰心への疑問が投げかけられる。

If such a tincture, such a touch,
So firm a longing can impowre
Shall thy own image think it much
To watch for thy appearing hour?

(Henry Vaughan, 'Cock-crowing', ll. 13–16)

もしもそのような精気とそのような精髄が
そんなにもしっかりと憧憬に力を与えるというのなら
あなたの似姿である人間は用心して待ち望まないのだろうか
あなたが現れる時間を。

この'tincture'や'touch'は神が閉じ込めた日の光と同じもの、もしくは神の光から生じたものであるとヴォーンは考えている。こうして当時支配的であった考え方からすれば「動物的魂」しか持たないはずの一介の鳥を霊的な存在として賛美しているのである。「雄鶏」の眼は、朝の色を待ち望み、彼らの中に神が植えつけた光の種子が夜を追い払う。まるで彼らは光の家へと続く道を知っているかのようだ、とヴォーンは言う。そしてこの「磁力」こそが、天と地の霊的交渉関係である「感応力」(influence)、更には、全ての被造物が持ちうる、とヴォーンが考えている「感覚」('sense')の根源である。

第三節　罪をあばく石

石と神との霊的交渉

ヴォーンは「石」('The Stone')と題された詩の中で神と被造物との関係を以下のように描いている。

But I (Alas!)
Was shown one day in a strange glass

That busie commerce kept between
God and his Creatures, though unseen.

They hear, see, speak,
And into loud discoveries break,
As loud as blood. Not that God needs
Intelligence, whose spirit feeds
All things with life[.]

(Henry Vaughan, 'The Stone', ll. 18–27)

でも、僕は（ああ！）
ある日、不思議な鏡の中に見せられたのだ、
神と被造物との間に保たれた、
目に見えないけれど、忙しい霊的交渉を。
彼らは、聞き、見、話す。
そして突然、血の叫びのように、
大きな声で暴露し始める。それは、神が
情報を必要としておられるからではない。神の霊は
あらゆるものに命をあたえる。

そして、この詩の中で注目すべきは、石すらも堕落した存在ではないということである。ヴォーンは、石にも霊が宿る様子を、石たちが「深い崇拝の念に浸っている」('stones are deep in admiration', 'The Stone', l. 16) 様子として描いている。石という存在は、「植物的魂」すら持たない被造物として認識されていたは

ずである。だが、ヘンリー・ヴォーンの表現の中では、石も感覚を持ち、時には、人間より優れた存在として描かれている。

シェイクスピアの『お気に召すまま』の公爵も、苦境にいる人間の生活が木や石の中に言葉を見出すと、以下のように述べている。

And this our life, exempt from public haunt,
Finds tongues in trees, books in the running brooks,
Sermons in stones, and good in every thing.
(William Shakespeare, *As You Like It*, Act II. Scene 1. ll. 15–18)

そしてこの我々の生活は、公の交友関係からは隔てられているが、
木々の中に言葉、また流れる小川の中に本、
石の中に説教を、そしてすべての中に善を見出すのだ。

しかし、あくまで人間が「見出す」のであって、木々や石がしゃべるのではない。また、石を擬人化するヴォーンの表現は、単に、後にラスキンによって「感傷的虚偽」もしくは「感覚的誤謬」(the pathetic fallacy) と呼ばれるようになる表現法によるものでもない。キリスト教的文脈的では、神の証人として「石が目撃者となる」('this stone shall be a witness unto us', Joshua 24:27)、もしくは、「石がすぐに声を上げる」('the stones would immediately cry out', Luke 19:40) という聖書の表現に近いが、それに加えてヴォーンの場合、それはヘルメス思想に裏打ちされているものと考えることができる。

神が与える「霊」は人間にとどまらず、石にも及ぶ。[15] この特殊な概念はトマス・ヴォーンが、万物に霊が宿っていると考えていることと共通している。トマス・ヴォーンは次のように論じている。

[. . .] spirit is in man, in beasts, in vegetables, in minerals; and in everything it is the mediate cause of composition and multiplication. [. . .] I affirm this spirit to be in minerals[.]

(Thomas Vaughan, *Works*, p. 41)

……霊は、人の、野獣の、野菜の、鉱物の中にある。そして、すべてのものの中で合成と増加の仲介要因である。わたしはこの霊が鉱物の中にもあることを主張する。

罪を暴く力

そして、「石」と題された詩の中で霊的存在としての石にヴォーンが与えた最大の力は、罪を暴く力である。そこでは石の声は「血の叫び」に喩えられている。石たちが「証拠立てる声」を一つにし、「秘密の罪」を神に訴える様子が以下のように描かれている。

Hence sand and dust
Are shak'd for witnesses, and stones
Which some think dead, shall all at once
With one attesting voice detect
Those secret sins we least suspect.
For know, wilde men, that when you erre
Each thing turns Scribe and Register,
And in obedience to his Lord,
Doth your most private sins record.

(Henry Vaughan, 'The Stone', ll. 37–45)

それ故に、砂や塵は、
証言を求めてゆさぶられ、石たちは、
死んでいると思っている人もいるけれど、すべてが一緒に
証拠立てる声を一つにして、僕たちがほとんど感づきもしない
あの秘密の罪を明るみに出すだろう。
知るがよい、野蛮な人間たちよ、お前たちが過ちを犯す時、
各々のものが筆記者となり、記録の書となり、
そして、その主に従順に、おまえたちの
最も人目につかない罪でさえ記録するということを。

石たちの「一つ」になった声は、霊的な声であるがゆえに神聖であり、神へと届く。彼らの叫びは、「アベルの血」(‘Abel's Blood’) が天に向かって殺人を糾弾した声を想起させる。ヴォーンは、石が「死んでいると思っている人たち」、即ち、人間のみが「理性的魂」と言葉を持ち、石には「植物的魂」すらなく、感覚、即ち「動物的魂」などあるはずがないと考えている人々の考え方を逆手にとって、石たちはすべての罪を暴き出す力を持っていることを主張する。ここでは「あの秘密の罪」が何かは特定されていないが、王党派と議会派による内乱の時代を考えると、ヴォーンがいう「罪」とは殺人の罪、さらに言えば、チャールズ一世の処刑であることが想定される。そしてその罪の看取はヴォーンの詩の中で「木」の持つ能力としても描かれている。

第四節
看取する木

ボエティウスの翻訳

内乱後に顕著になっていく木の伐採のイメージは、王党派詩人たちの非難の対象になり、木の伐採のイメージは、チャールズ一世の処刑と重ねられた。ヴォーンもまた、「ボエティウスの翻訳、『哲学の慰め』第二部第五章」(*Translation of Boethius*, Consolation of Philosophy II v) の中で木の伐採に対する非難を試みている。以下の表現のうち、一五―一六行の二行は、ボエティウスの原文には見られず、ヴォーンが追加した表現となっている。(16)

The shadie Pine in the Sun's heat
Was their Coole and known Retreat,
For then 'twas not cut down, but stood
The youth and glory of the wood.

(Henry Vaughan, *Metrum* 5, ll.13–16)

日が照りつけるなら松の木陰が
涼しい、言わずと知れた避難場所だった。
なぜならあの頃はあの木は切り倒されず、
立っていたからだ、森の若さと誉れを表して。

'Felix nimium prior aetas' で始まるボエティウスの原文は、ヴォーンの翻訳では、「あの最初の白い時代」('Happy that first white age', l. 1) と表現され、その時代にもう戻れないことが嘆かれている。その原因は、人類の堕落であり、「大地が隠した宝の山」や「宝石」、ヴォーンの訳では、「地中に［神の］目的があって隠された黄金」('Gold hid of purpose under ground', l. 34) を人が探し求めたことによるものである。ヴォーンはこの翻訳を行う際に、内乱を挟み王位空白時代へと移り変わってしまったことを嘆いている (Rudrum, p. 519)。堕落の原因であるとヴォーンが考えた黄金探究とは、偽錬金術師としての清教徒たちの政治的、宗教的革命思想とその実行であったろうか。ともかくもヴォーンは、その政治的メッセージを強調せざるをえないかのように、ボエティウスが描いた自然の中に、王党派の木の寓意を挿入し、清教徒の自然破壊と、彼らと王党派との対立関係を暗示しているのである。「松の木陰」(十三行) にはチャールズ一世の庇護が暗示されている。この木陰が「涼しい、避難場所」と言い換えられているのは、王党派のヴォーンが清教徒の熱狂を揶揄する表現であると考えることができる。[17]

　このような観点からヴォーンの木の描写をとらえてみると、ヴォーンが描く木と、木が持つ感覚には政治的な意味が内包されていることが想定される。その批判は、切り倒された木、「材木」をめぐる描写で明らかになる。

And yet (as if some deep hate and dissent,
Bred in thy growth betwixt high winds and thee,
Were still alive) thou dost great storms resent
Before they come, and know'st how near they be.

Else all at rest thou lyest, and the fierce breath

Of tempests can no more disturb thy ease;
But this thy strange resentment after death
Means onely those, who broke (in life) thy peace.

(Henry Vaughan, ‘The Timber’, ll. 13–20)

それでいて（まるで、君が成長していた頃、
激しい風と君との間で産まれた、深い憎しみと意見の相違が、
まだ生きているかのように）君は、大きな嵐を看取する、
彼らが来る前に。そして彼らがどれほど近くにいるか判るのだ。

それ以外は、全く安らかに君は横たわる。嵐の
荒々しい息はもはや君の安らぎを邪魔しはしない。
ただ、この君の死後の不思議な看取能力は
君の平安を（生前）乱した奴らがいたということを意味する。

トマス・ヴォーンは清教徒の混乱期を「嵐のような日々」(‘tempestuous day’, *Works*, p. 187) に喩えている。ヴォーンも戦争の騒乱を同様に「嵐」に喩え、更に、切り倒された「材木」が新たな嵐を看取する力を持っている、と言っている。ここで‘resentment’という言葉で表された力は、「看守能力」(‘resentment’, *OED* 5: ‘feeling or emotion or sensation’) であり、憤りの念を感じ、批判し、糾弾する能力をさえ持つ力である。これは、新プラトン主義的思想が万物の間に想定した単なる「共感」(sympathy) 以上のものであると考えることができる。

ヴォーン兄弟の同時代人で、ケンブリッジ・プラトニストの一人であった、ヘンリー・モア (Henry More, 1614–1687) は、新プラトン主義の唱える「世界魂」(world soul) の概念に基付いて次のように述べている。

> [. . .] that *Magick Sympathy* [. . .] is seated in the Unity of the Spirit of the World, and the continuity of the subtill Matter dispersed throughout. The Universe in some sense being, as the *Stoicks* and *Platonists* define it, one vast entire Animal.
>
> (Henry More, *The Immortality of the Soul*, p. 279)

……あの魔術的な感応性は……世界の霊の統一体の中に、そしてあまねく分散した精妙な物質の連続性の中に座している。宇宙は、ある意味、ストア派やプラトン主義者たちが定義しているように、一つの広大で完全な動物だからである。

全自然界を一大有機体として見る、この考え方は、ヴォーン兄弟の神秘主義思想と通ずるように思われる。しかしながらモアは、トマス・ヴォーンとのよく知られた論争の中で、後者のあまりに魔術的で、アニミズム的な宇宙論を批判している。[18] モアは、自らは「穏健なプラトン主義者」('sober *Platonist*')であると言い、「世界は生きている」('the World is *Animate*')という考え方には賛同するものの、トマス・ヴォーンの思想と表現は、「その教義のあまりに馬鹿げていびつな説明」('so ridiculous unproportionable account of that Tenet')であり、「単なるとりとめのない空想」('meer vagrant imaginations')だと主張するのである。[19] 換言すれば、トマスはモアよりもはるかに強く、広い範囲で、自然界が生きて、感覚を持っていると考えていた、ということである。

そして、トマスと同様に、詩人ヘンリー・ヴォーンもモアの考える「穏健」で伝統的な「共鳴／共感」の概念を超える考え方を持っていたように思われる。故に、ヴォーンの表現の神秘主義的特徴は、このヘンリー・モアの木々と鳥たちの描写と比較することで明らかになるだろう。ヴォーンの詩でも、木々の間でさえずり、飛び回る鳥たちが「多くの軽やかなこころと羽根」('many light hearts and wings', l. 5) として描かれているが、モアは、春の訪れや嵐の接近を予期する鳥たちについて以下のように述べている。

Such is the noise of chearfull chirping birds,
That tell the sweet impressions of the Spring;
Or 'fore some storm, when their quick sprights be stird
With nearer strong appulse and hid heaving,
That fills their little souls, and makes them sing[.]

(Henry More, *Psychathanasia*, Book I, Canto II, Stanza 13)

元気よくさえずる鳥たちの騒がしさはかなりのものだ。
その声は春の訪れの甘い印象を我々に与える。
もしくはある嵐の前もそうだ、その時には、
彼らの活発な魂がより近くて強い接近と隠されたうねりによってかき乱される。
それが彼らの小さな魂を満たし、彼らを歌わせているのだ。

モアは確かに、「木々の間には共感的な生命が見出される」と断言し、被造物間の 'sympathy' を信じていたようである。しかしながら、木たちは、当然ながら何かを批判する感覚までは持ってはいない。そのことをモアは次のように説明している。

Mongst trees there's found life *Sympatheticall*;
Though trees have not animadversive sense.

(Henry More, *Psychathanasia*, Book I, Canto II, Stanza 26)

木々の間には共感的を起こす生命が見出される
彼らは知覚／批判する言葉を発する力は持ってはいないけれど

OED の‘animadversive’は‘Having the faculty of animadversion; perceptive, percipient’と定義されており、この文が初例として引用されている。また、‘animadversion’は‘†2. The faculty or habit of noticing or observing; attention, perception, conscious mental action’, ‘5. The utterance of criticism, usually of a hostile kind; censure, reproof, blame’と定義されている。そして木が、「植物的魂」は持つものの、感覚、つまり「動物的魂」を持っているとは、モアは考えていなかった。

> But sensless trees nor feel the bleaker wind,
> That nip their sides, nor the Suns scorching might[.]
> (Henry More, *Psychathanasia*, Book I, Canto II, Stanza 14)

> しかし感覚のない木たちは
> 彼らの幹を凍えさせる風を感じることもないし、太陽の焦がすような力を感じることもない

一方で、ヴォーンの‘The Timber’の中で描かれている木は、「殺人者」が接近するとその凝結していた血を再び流れ出させる「殺された人」に重ねられて、同じように「神秘的な感覚」(‘some secret sense’)を持っている。

> [. . .] thou dost great storms resent
> Before they come, and know’st how near they be.
> ....
> So murthered man, when lovely life is done,
> And his blood freez’d, keeps in the Center still
> Some secret sense, which makes the dead blood run

At his approach, that did the body kill.

(Henry Vaughan, 'The Timber', ll. 15–16, 21–24)

君は、大きな嵐を看取する、
彼らが来る前に、そして彼らがどれほど近くにいるか判るのだ。
……………………………………
同じように、殺された人は、幸せな人生が終わり、
血が凍ってしまった時でも、依然として中心に
或る秘密の感覚を保っていて、その肉体を殺した
奴が近づいて来ると、死んだ血が流れ出るのだ。

この詩の中で、ヴォーンは、殺人と清教徒による木の伐採を並行関係におき、更には、被造物に付与された「感覚」が、殺人者を看取し糾弾する感覚として機能しているように表現している。

鳥や星、石や木になりたいと願うヴォーンの叫びは、単に自然と同化したいとの願望にとどまらず、「感覚」を、さらに言えば神との交渉を行う力を持ち、神に対して罪を訴えかける力を持つ被造物を賛美しながら、清教徒を糾弾する描写でもある。神秘主義思想における生きた自然の概念は、ヴォーンによって、より宗教的・政治的なレベルで、罪を暴き出す力へと変化させられたのである。

第五章　注

（1）この思想は、ヘルメス・トリスメギストスのことが「三倍も偉大なるヘルメス」('thrice great Hermes', l. 88) として言及されている、ミルトンの『物思いに沈む人』(*Il Penseroso*, 1645) の中でも表されている。ミルトンはメランコリーにつ

いては次のように言っている。

Hail divinest Melancholy,
Whose saintly visage is too bright
To hit the sense of human sight;
And therefore to our weaker view,
O'erlaid with black staid wisdom's hue.

(John Milton, *Il Penseroso*, ll. 12–16)

（2）吉中 (2015)、201 頁を参照。

（3）Rudrum, p. 627: 'the Anglican Service was illegal when this poem was published.'

（4）例えば、ロバート・ヘリックは「水仙」の花の生命の短さに乙女の人生の春の短さを重ねている。

Fair daffodils, we weep to see
You haste away so soon:
As yet the early-rising sun
Has not attained his noon
Stay, stay,
Until the hasting day
Has run[.]

(Robert Herrick, 'To Daffodils', ll. 1–7)

また、ウィリアム・シェイクスピアはソネット一八番、七三番の中で、人生の夏や秋を移りゆく季節に投影している。いずれにおいても人間の描写を中心に自然が描かれる。

（5）アリストテレスが唱える魂の概念については例えば Sullivan, pp. 3–4 を参照。

（6）ハーバートの表現は、ヘンリー・モアが次のように唱えたところにも起因していると考えることができる。

One singular end more discoverable of his Creation [is] that he may be a *Priest* in this magnificent *Temple* of the Universe, and send up prayers and praises to the great Creator of all things in behalf of the rest of the Creatures.

(Henry More, *An Anti-dote against Atheism*, p. 103)

（7）Thomas Vaughan, *Works*, p. 42: 'Lastly, above the *Rational Spirit* is the Mens or hidden intelligence, commonly called the illuminated intellect, and of Moses the breath of lives. This is that spirit which God Himself breathed into man and by which man is united again to God’.

（8）Kenneth Friedenrich は著書 *Henry Vaughan* の中で次のように述べている。

> [. . .] the Hermetic idea that the entire creation is animated by the spirit of divinity helps Vaughan to assess the unique place of man in the scheme of the cosmos. (p. 52)

（9）フィリップ・スタッブズ (Phillip Stubbes, c.1555–c.1610) は、ダンスの音楽について、それが言葉なき音楽であるため、堕落したものであると述べている。スタッブズに拠れば、言葉を伴わない音楽というものは神の摂理を表しえず、まして笛吹きは、その奏法のせいで、決して言葉を発しえないため、神の摂理の解説者とは最も対極に存在することを論じている。Smith, p. 155: ‘Phillip Stubbes singles out [a kind of music] for attack in *The Anatomy of Abuses* [. . .]. Stubbes thinks first and foremost here of dance music not only because it sets bodies in lascivious motion but because it is wordless. [. . .] Pipers provide the sharpest possible contrast to expositors of the word of God because their music is wordless: they cannot pipe and sing at the same time’ 参照。Alexandra Walsham は、スタッブズが長老派信徒でもなければ、清教徒 (‘precisian’) でもなかったと説明しているが、彼の *The Anatomie of Abuses* (1583) が、「清教徒的興ざまし人間」(‘a puritan spoilsport and killjoy’) のレッテルを彼に張り付けたことは事実である。See *ODNB*, s.v. Stubbes, Philip.

（10）Thomas Vaughan, *Works*, p. 390: ‘And here let no man be angry with me if I ask how Scripture teacheth us to know God: doth it only tell us there is a God and leave the rest to our discretion? Doth it—that I may speak my mind—teach us to know God by His works? If by His works, then by naturall things for they are His works, and none other; if without His works, I desire to know what manner of teaching that is, for I cannot yet find it. If they say it is by inspiration, I say too that God can teach us so, but Scripture cannot, for certainly Scripture never inspired any man, though it came itself by inspiration.’

（11）ここで「令嬢」は、コーマスの誘惑に対して、理性ではなく、sympathy の魔術的宇宙の力を使って抵抗している。ミルトンは生涯にわたって、この感応力を擁護したわけではない。特に『失楽園』において、感応性 (sympathy) の理論が信頼に足るものであるとは考え得ていない。例えば、堕落後の世界に向かって、地獄の「罪」(‘Sin’) が sympathy を感じている。

> Methinks I feel new strength within me rise,
> Wings growing, and dominion give me large
> Beyond this deep; whatever draws me on,

Or sympathie, or som connatural force
Powerful at greatest distance to unite
With secret amity things of like kinde
By secretest conveyance[.] (John Milton, *Paradise Lost*, Book X, ll. 243–249)

ミルトンにおける感応力については、Kevis Goodman, "'Wasted Labor'? Milton's Eve, the Poet's Work, and the Challenge of Sympathy", *ELH* 64 (1997) p. 435 を参照。

（12）Lobis, *The Virtue of Sympahty*, pp. 206–207 を参照。

（13）*OED* では 'The immaterial principle supposed by the Paracelsians to produce and preside over the activities of the animal and vegetable economy; vital force' と定義されている。

（14）Rudrum, p. 555: '[within the line] also means "within the line of influence". Compare '[The soul] can (*per unionem cum virtute universali*) (by an union with universal force) infuse, and communicate her thoughts to the absent, be the distance never so great" (Thomas Vaughan, *Anthroposophia Theomagica*, p. 47)' 参照。

（15）錬金術思想においても、ロジャー・ベイコンが論じているように、賢者の石を精製する過程で二つに分解された石が上位の部分で魂をもっていると説明されている。

（16）チャールズ一世の処刑と木の伐採については Yoshinaka, pp.156–164 を参照。

（17）「木陰」と熱狂主義との関係については、第三章注13を参照。ヴォーンは、国王の大義という意味を込めた「正義」という言葉を使い、正義と運命との対立関係を政治的なものとして次のように描いている。

For how could hostile madness arm
An age of love to public harm?
When Common Justice none withstood,
Nor sought rewards for spilling blood. (Henry Vaughan, *Metrum* 5, ll. 24–28)

ここでヴォーンは、世界に秩序と生気を与える「愛」をチャールズ一世統治下の平和な治世の動因として書き換えており、そのイメージが木の木蔭としても表されているのである。Boethius, *The Consolation of Philosophy*, pp. 204–207 を参照。

（18）Lobis, *The Virtue of Sypmathy*, pp. 206–207 を参照。

(19) Philosphilus Parresiaates [= Henry More], *Enthusiasmus Triumphatus or, A Discourse of the Nature, Causes, Kinds, and Cure, of Enthusiasme*, pp. 205, 73, 75.

終章

第五章で確認したように、鳥や星、木、石になりたいと願うヴォーンの叫びは、単なる自然との同化願望にとどまらず、神との交渉を行う「感覚」、さらには神に対して清教徒たちの罪を訴えかける力を持ちたいという願いである。十七世紀前半においては、人間の方が、人間以外の被造物よりも優れた存在であるという考え方が支配的であり、芸術表現においても自然が主題とはなりえずにあくまで人が主旨となっていた。一方で、万物が神の光を宿しているという理由で、霊的なレベルにおいては、被造物は人間を頂点とする縦の関係ではなく、万物は皆、神の下に平等で、時には神と霊的交渉を持つことができるという点において同等の関係を持っているようにヴォーンは表現している。「鶏鳴」の中では、神から光の鳥に与えられる「磁気」が「ティンクチャー」(‘tincture’)や、錬金術用語で「第五元素」を意味する‘touch’という言葉に言い換えられていた。この「磁気」こそが、天と地の霊的交渉関係である「感応力」(influence)、更には、全ての被造物が持ちうる、とヴォーンが考えている「感覚」(‘sense’)の根源である。ヴォーンにおける、生きた自然の概念は、新プラトン主義的思想が提示したような、万物の間に存在する共鳴現象／感応性 (sympathy) にとどまらず、被造物に施される錬金術の作用としても描かれていた。そして、ヴォーンが自身の声を石の声と同化したいと願う理由としては、特に最後の審判において、石たちもまた救済されるべきであるという詩人なりの概念が根底にあったことも考察した。

ヴォーンが描く神学的な最後の審判もまた一種の錬金術として読み替えることができた。終末に世界が滅び、浄化される啓示は、錬金術的イメージを強くして、ジョン・ミルトンの『失楽園』の中で描かれている。ヴォーンは終末をむかえる際に、その変成が被造物の各々すべてに及ぶことを強調しつつ、一種のガラス化が起こると考えており、その思想は、神秘主義思想家たちの理論を基本としていることを論じた。ヴォーンの詩的表現の中では、最後の審判の際には被造物たちが清められ、「日の光のように透明」で、かつ「曇りなきガラス」になることを願う描写がなされている。このガラス化は、堕落前の自然が、本来「透明な」状態であったという理論に由来する。更に注目すべきことに、弟のトマス・ヴォーンにとって、最後の審判の際のキリストによる救いは錬金術的「変容」として、現在で言えば化学的変化として説明されていた。ヨハネの黙示録の中で新エルサレムの基壁をなす宝石は、第二章で検証したように、「マーカム夫人への哀歌」の中で、ジョン・ダンが、夫人が復活する際に肉体が純化された宝石で出来上がっているという描写の中でも見られたが、ヴォーンの詩の中では、死体の復活と変容がガラス化という、一種の錬金術的な練成によって明らかにされているのである。ヴォーンは、最後の審判において救われるのは人間のみであるという考え方が支配的な、つまり正統とされる中で、被造物、とりわけ石が人間と同様に救われることを暗示し、石を含む被造物たちすべてがガラス化という変容を遂げることによって、堕落以前の状態へと戻ることを願った。ヴォーンが、最後の審判の際に、人間のみならず被造物たちすべての救済を求めたのは、人間と被造物が共に救済を受けなければガラス化が起こりえない、という神秘主義思想の理論が根拠にある。

本著では、清教徒の「熱狂」を錬金術の視点から読み替える試みを行った。ヴォーンの政治的立場は王党派であったことは明らかであるが、我々が第二章で考察したベン・ジョンソンは、詩的系譜としては王党派詩人の始祖でもあった。興味深いことに、彼の『錬金術師』の中では、清教徒たちの「熱狂」('zeal')が、賢者の石を虚しくも追い求めている錬金術師たちの情熱と何ら変わりはないことが描かれていた。また、信者を集めようと試みている清教徒が、錬金術の博士と偽って人々を欺くサトル(Subtle)を利用する様子が表現されていることにも注目した。医学的錬金術が探していた万能薬と急進派清教徒たちが人間の魂を回心させるために求めていた力とは、同じように機能することが舞台上で嘲笑的に表現されたのである。また、この戯曲の中では、錬金術用語を用いるサトルと、清教徒であるトリビュレーションに同じ'zeal'という単語の意味を意図的に食い違って使わせている。錬金術師たちの言葉は真実を隠すのみならず、本質を捻じ曲げるものであり、彼らの詐欺行為は言葉にまで及ぶことをジョンソン特有の風刺で描き出しているのである。メンデルソーンの指摘によれば、そもそも初期近代において、錬金術の用語、またその概念はしばしば政治的に利用されており、党派的、イデオロギー的流動性は極めて高く、しかもそれはチャールズ一世の処刑を挟んで顕著になったと考えられる。換言すれば、王党派と清教徒それぞれが、錬金術的イメージを政治的にも利用しており、それは、超党派的なものであるととらえることができる。ベン・ジョンソンの表現は、錬金術のイメージを反清教徒的に利用したものであると言えるだろう。

聖霊を通して神からの啓示を受けて革命を押し進めていると主張する、クウェーカー教徒に代表される急進派の清教徒たちの「熱心さ」('zeal') と神から受けた「新しい光」('New Light') は、ヴォーンにとっては、偽の錬金術師である清教徒たちによって過度に熱せられ「金メッキされた光」にすぎないと揶揄される。錬金術の理論は、内乱後の王党派によっても政治的理想を叶えるために有益な概念として利用される一方で、内乱以前の清教徒の改革派が「錬金術的至福千年説」を唱え、ユートピア実現のために利用された。清教徒の熱狂は、第四章で見たように、宗教的メランコリーを引き起こしてしまう。それは、偽錬金術師の愚かさに表されるような嘲笑の対象であり、メランコリーに起因する体液物質がその眼を覆わせるという点において、実践的錬金術の文脈からも、また、錬金術医学や精神的錬金術においても、王党派のヴォーンにとって攻撃の対象となったのである。さらに当時の錬金術は、その危険性からも清教徒批判とつながった。確かに、清教徒穏健派であるリチャード・バクスターなどにとって、ベーメやヘルモントのような錬金術師の思想は霊的啓示を重視するという点で非常に危険な側面を持っており、それは、宗教的狂信者の思想と通ずるとみなされていた。ヴォーンもその危険性を認識しており、ディオニソスなどの神秘主義思想家が光と闇の同時存在を唱えている理論に言及する際には、「ある人はそういうのだが」('some say') という表現を用いながら、「聖なる暗闇」の中に神が存在するという理論をあくまでも他者の意見であるかのように表していた。

ヴォーンには、ヘルメス主義思想のもつ危険要因、同時代の神秘主義と「宗教的熱情/狂信」とが共通して有していた非理性的な思想の危険性を回避しようとする姿勢も見られる。だが、ヴォーンにとっては、精神的錬金術の理論に基付いた錬金術医学は、受難の際のキリストの血、真の改悛の泪という聖人の体液の証拠を伴うという点において、その神聖さを絶対的に表すものである。それを証明するかのように、神に対する詩人の叫びは、特にキリストの十字架上の苦難が一種の「エリクシル」('the great Elixir', 'Affliction', l. 4) として機能することを示している。それは明確に錬金術の表現を伴うものであり、神の錬金術によって取り出される薬は以下のような「浄化」と「癒し」の効力を持ちうる「新しい強壮剤」と「新しいカタルシス」となるのである。

[Thou] Dost still renew, and purge and heal:
Thy care and love, which joyntly flow
New Cordials, new Cathartics deal.

(Henry Vaughan, 'The Agreement', ll. 55–58)

あなたは絶えず再生し、浄化し、癒してくださいます。
あなたの気遣いと愛、それは共同して
新しい強壮剤を注ぎ、新しい瀉下薬を分け与えてくださいます。

精神的錬金術の描写が明確に表現される一方で、ヴォーンは実践的錬金術によって黄金を取り出そうとするような表現を多く行っているわけではない。しかしヴォーンが実践的錬金術のマニュアルに従って表現する際には、偽錬金術師としての清教徒に対する攻撃が含まれていることは特徴的である。実践的錬金術が有する階層秩序への志向性は、内乱前の英国においては、保守的な政治性を反映したものとなっているように思われるが、錬金術師トマス・ヴォーンと詩人ヘンリー・ヴォーンに共通してみられる概念として「穏やかな火」の重要性を挙げることが出来るだろう。「白い日曜日」の中でヴォーンが「神の火」によって洗練してほしいと願い、逆に「あなたの星を滓へと溶かしてしまわないでください」('Let not thy stars [. . .] / Dissolve into the common dross!', 'White Sunday', ll. 63–64) と叫んでいるのは、ヴォーンの周りで蔓延っているのが、過剰すぎる熱であり、それは急進派清教徒の「熱狂」の熱であることが暗示されていると言える。これは、ヘンリー・ヴォーンを始め、エイブラハム・カウリーなどの王党派の人々が、清教徒の病的な「熱狂主義」から逃れようと「木陰」の涼しさを求めた表現を錬金術的に読み直したものであると考えられる。また、ヴォーンが「白い日曜日」の中で描いたように、神の真の信者としての「星」と清教徒たちを暗示する「滓」の対比は、錬金術の工程においては、しばしば上昇するスピリットに対して下降する「滓」が対比されたことを想起させる。

[. . .] by that means
We, who are nothing but foul clay,
Shal be fine gold, which thou didst cleanse.

O come! refine us with thy fire!
Refine us! we are at a loss.
Let not thy stars for Balaams hire
Dissolve into the common dross!

(Henry Vaughan, 'White Sunday', ll. 57–64)

あの方法によって
私たち、我々は汚い塵にすぎませんが

私たちは輝かしい金へとなれるのです。
ああ、きてください、我々をあなたの火で清めてください！
洗練してください、我々は途方に暮れています
あなたの星たち（である信者）をバラムの賃料のために
きたない滓の中に溶かしてしまわないでください。

ここでの詩人の叫びは、錬金術工程の結果として、彼の政治上の敵の末路のように下位に沈殿した「滓」（'dross'）となってしまわないように、逆に、神による錬金術によって、自身を信仰において下位の存在から上位の存在へと上昇させて欲しい、という願いでもある。この願いは、「火打ち石」であるヴォーンが神の力によってもう一度火を起こし、火花を散らせたいと願う次の叫びの中にも表されている。

Lord! <u>Thou didst put a soul here</u>; If I must
　Be broke <u>again</u>, for flints <u>will give no fire</u>
　<u>Without a steel</u>, O let thy power clear
Thy gift once more, and grind this flint to dust!
(Henry Vaughan, 'The Tempest', ll. 57–60)

主よ、あなたはここに一つの魂を入れられました。もし僕が
　もう一度壊れねばならないなら、なぜなら火打ち石は
　鉄なしでは火を起こしませんから、ああ、あなたの力で
あなたの贈り物をもう一度清めてください、そしてこの火打ち石を塵にしてください！

ヴォーンにとって、真の錬金術師はあくまで神であるが、詩人ヘンリーと同様に、錬金術師である弟、トマスも自らの心を「火打ち石」に重ね、神の錬金術（'Art'）を受けようとする。

My God, my heart is so;
'Tis all of flint, and no
Extract of tears will yield.
Dissolve it with Thy fire,
That something may aspire,
And grow up in my field.

Bare tears I'll not entreat,
But let Thy Spirit's seat
Upon those water be;
Then I—new form'd with Light—
Shall move without all night,
Or eccentricity.

(Thomas Vaughan, *Works*, p. 32)

わが神よ、私のこころはそのようなものです
それはすべて火打ち石でできています、そして
涙の抽出物を全く産み出そうとはしません。
それをあなたの火で溶かしてください。
何かが沸き上がって

わたしの野原［学問の分野］の中で生長しますように。
私はつまらない涙を嘆願するわけではない、
そうではなく、あなたの聖霊の座をこれらの水の上に
あらせてください。そうすれば私は光で新しく作られ、
全くの夜のない状態で、もしくは常軌を逸することなく
動くでしょう。

トマスは、神の炎で溶かされることによって、「滓」を想起させる「何か」が沈殿し、逆にスピリッツや魂を想起させる「何か」が上昇すると考えている。そしてトマスは、神の炎によって「溶解」され、おそらくは天地創造の時の光と最後の審判の時の光を同時に想起させながら、その「光」の中で新たに形作られると言う。トマスとヘンリーが自身の心を「火打ち石」に同化し、その火花を散らせようと試みるのは、比喩的に「固く頑なこの世の火打ち石」('hard, stubborn flints of this world', Thomas Vaughan, *Works*, p. 302) である人間が、他の被造物たちとともに、神の錬金術を受けることによって、キリストの十字架上での苦難に由来する泪というエリクシルを取り出し、堕落前の世界へと変貌を遂げるためである。これこそが詩人ヘンリー・ヴォーンが求めた神の錬金術であり、それによって得られる秘薬は、エンブレムの代替として書かれたとも考えられる、以下の「愚かなる知と眼」の泪と炎として描写されている。

Vain Wits and eyes
Leave and be wise:
Abuse not, shun not holy fire,

But with true tears wash off your mire.
Tears and these flames will soon grow kinde,
And mix an eye-salve for the blinde.
Tears cleanse and supple without fail,
And fire will purge your callous veyl.
Then comes the light! Which when you spy,
And see your nakedness thereby,
Praise him, who dealt his gifts so free
In tears to you, in fire to me.

(Henry Vaughan, 'Vain wits and eyes', ll. 1–12)

愚かなる知と眼よ、
棄てよ、そして賢明になれ、
神聖な火を乱用し、避けるではない。
まことの泪を持ってして、あなたの泥を洗い流すがよい。
泪とこの火はすぐに溶け合って、
盲人のための塗り薬を調合する。
泪は必ずや、あなたの硬い膜を洗い清め、柔順にし、
炎は、それを浄化する。
そうすれば、あの光がやって来る。あなたがそれを見、
それによってあなたの裸の状態を見る時、
彼を讃えよ、その人は彼の贈り物を無償で分け与える、
あなたには涙というかたちで、そして私には火の形で。

ヘンリー・ヴォーンの詩的錬金術によって取り出された秘薬は、幼年時代へと帰ってゆくための若返りの薬であっただけではなく、清教徒の「熱狂」を攻撃し、医学物質をもってして清教徒たちの盲目性を浮き彫りにする効力をも持つものであった。そしてそれは、被造物を堕落から救済し、ヴォーン自身が最後の審判の際に被造物である石と一体となって神の錬金術による変容を受け、堕落前への世界と帰ってゆくためのエリクシルだったのである。

参考文献

一次資料

A. B. *The Sick-mans Rare Jewel*. London, 1674. Print.

Abernethy, John. *A Christian and Heaunely Treatise Containing Physicke for the Soule*. London, 1630. Print.

Anonymous. 'The Geneva Ballad: To the Tune of 48'. London, Printed for R. Cutler in Britain, 1674. Print.

——. *The Arraigment and Tryal with a Declaration of the Ranters.* [London], printed by B.A. and published according to order, 1650. Print.

Bacon, Roger. *The Mirror of Alchemy*. London, 1597. Print.

Boehme, Jacob. *XL. Questions Concerning the Soule*. London, 1620. Print.

——. *The Clavis or Key*. London, 1647. Print.

—— . *Signatura Rerum*. London, 1651. Print.

——. *Aurora, that is, the Day-spring, or Dawing of the Day in the Orient, or Morning Rednesse in the Rising Sun*. London, 1655. Print.

——. *Mysterium Magnum*. London, 1656. Print.

Boethius, *The Consolation of Philosophy*, in *The Theological Tractates*, English trans. H. F. Stewart and E. K. Rand . Cambridge, Mass.: William Heinemann, 1953. Print.

Bright, Timothy. *A Treatise of Melancholy*. London, 1586. Print.

Burton, Robert. *The Anatomy of Melancholy*. Oxford, 1621. Print.

Bunyan, John. *Grace Abounding to the Chief of Sinners*. London, 1666. Print.

——. *A Treatise of the Fear of God*. London, 1679. Print.

Carew, Thomas. *Poems, Songs and Sonnets, Together with a Masque*. London, 1671. Print.

Cartwright, William. *The Life and Poems of William Cartwright*. Cambridge: CUP, 1918. Print.

Cary, Walter. *A Brief Treatise, for Many Disease*. London, 1609. Print.

Casaubon, Meric. *A Treatise Concerning Enthusiasme*. London, 1655. Print.

Chaucer, Geoffrey. *Riverside Chaucer*. Ed. Laddy D. Benson. Oxford: OUP, 1987. Print.

Comenius, Johann Amos. *Naturall Philosophie Reformed by Divine Light, or, A Synopsis of Physicks*. London, 1651. Print.

Cowley, Abraham, *The Poetical Works of Abraham Cowley, Vol 1*. Edinburg, 1777. Print.

——. *The Collected Works of Abraham Cowley, Volume 1: Poetical Blossomes, The Puritans Lecture, The Puritan and the Papist, The Civil War*. Ed. Thomas O Calhoun, Newark: U of Delware P, 1989. Print.

Croll, Oswald. *Philosophy Reformed & Improved, in Four Profound Tractates: The I. Discovering the Great and Deep Mysteries of Nature*. London, 1657. Print.

Davenant, William. *Gondibert: An Heroic Poem*. Ed. David F. Gladish. Oxford: Clarendon, 1971. Print.

Digkny Kenelem. *Choice and Experimented Receipts in Physick and Chrurgery as Also Cordial and Distilled Waters and Spirits, Perfumes, and Other Curiosities*. London, 1675. Print.

Donne, John. *The Complete Poems of John Donne*. Ed. Robin Robins. Longman, 2008. Print.

Galen, Claudius. *Galen's Art of Physick*. Ed. Nich. Culpper. London, 1652. Print.

——. *Galen's Method of Physick*. Edinburgh, 1656. Print.

Harvey, Christopher. *The Synagogue, or, The Shadow of the Temple Sacred Poems, and Private Ejaculations, in Imitation of Mr. George Herbert*. London, 1657. Print.

——. *The School of Heart*. London. 1674. Print.

Harvey, William. *Anatomical Exercitations, Concerning the Generation of Living Creatures*. London: Printed by J. Young for O. Pulleyn, 1653. Print.

Headrich, John. *Arcana Philosophia, or, Chymical Secrets: Containing the Noted and Useful Chymical Medicines of Dr. Will*. London, 1697. Print.

Herbert, George. *The Complete English Works*. Ed. A. P. Slater. New York: Knopf, 1995. Print.

——. *The English Poems of George Herbert*. Ed. Helen Wilcox. Cambridge: CUP, 2007. Print.

Hermes, Trismegistus. *The Divine Pymander of Hermes Mercurius Trismegistus in XVII. Translated Formerly out of the Arabick into Greek*. London, 1649. Print.

The Holy Bible: Kings James Version. Oxford, OUP, 1996.

Jonson, Ben. *The Works of Ben Jonson*. Boston: Philips Sampson. 1853. Print.

——. *Ben Jonson*. Vol. V. Ed. C. H. Herford. Oxford: Clarendon, 1937, 1954. Print.

Lodge, Thomas. *The Complete Works of Thomas Lodge: Now First Collected*. Vol.3, 1883. Print.

Lurentius, Andreas. *A Discoverse of the Preservation of the Sight: of Melancholike Diseases of Rhuemes, and of Old Age*. Ed. Richard Svrphlet. London, 1599. Print.

Marvell, Andrew. *Poems of Andrew Marvell*. Ed. Nigel Smith, revised. 2003; Harlow, 2007. Print.

Milton, John. *Milton: Complete Shorter Poems*. Ed. John Carey London: Longman, 1968. Print.

——. *Paradise Lost*. Ed. Alastair Fowler. London: Longman, 2006. Print.

More, Henry. *Psychathanasia*, London, 1642. Print.

——. *The Immortality of the Soul*, 1650. Print.

——. *An Anti-dote against Atheism*. London, 1653. Print.

——. *Enthusiasmus Triumphatus or, A Discourse of the Nature, Causes, Kinds, and Cure, of Enthusiasme*. London, 1656. Print.

Nollius Heinrich. *Hermetic Physick: Englished by Henry Uaughan*, Gent. London, 1655. Print.

Paracelsus, Theophrastus. *The Secrets of Physick and Philosophy*, London, 1633. Print.

——. *The Occult Causes of Disease. Being a Compendium of the Teachings Laid Down in His "Volumen Paramirum"*. Translated by R. Turner , London, 1655. Print.

——. *Paracelsus of the Supreme Mysteries Nature*. Ed. R. Turner, London, 1655. Print.

——. *Philosophy to the Athenians*. Translated by H. Pinnel , London, 1657. Print.

——. *Paracelsus his Aurora & Treasure of the Philosophers … Faithfully Englished And published by W.D*, London, 1659. Print.

——. *Paracelsus His Archidoxes Comprised in Ten Books. Faithfully and Plainly Englished, and Published by J.H. Oxon,*

London, 1660. Print.
——. *Volumen Medicinae Paramirum: of Theophrastus Von Hohenheim Called Paracelsus*, translated from the original German with a preface by Kurt F. Leidecker. Baltimore: The Johns Hopkins Press, 1949. Print.
Perkins, William. *A Golden Chaine*. Cambridge. 1600. Print.
Rulandus, Martin. *The Alchemy Collection*. London, 1612. Print.
Sandivogius, Micheel. *A New Light of Alchemy*, 1650. Print.
Shakespeare, William. *The Riverside Shakespeare*. Ed. G. Blakermore Evans. Oxford: OUP, 1972. Print.
Traherne, Thomas. *The Works of Thomas Traherne*. Vol. VI. Ed. Jan Ross. Cambridge: Brewer, 2014. Print.
Vaughan, Henry. *A Sermon Preached*. London, 1644. Print.
——. *Silex Scintillans*. London, 1650, 1655. Print.
——. *Mount of Olieves: Or Solitary Devotions*. London, 1652. Print.
——. *The Works of Henry Vaughan*. 2nd ed. Ed. L.C. Martin. Oxford: Clarendon Press, 1957. Print.
——. *The Complete Poems*. Ed. Alan Rudrum. Harmondsworth: Penguin, 1977. Print.
Vaughan, Thomas. *Anthroposohia Theomagica*. London, 1650. Print.
——. *Lumen de Lumine, or A new Magicall Light*. London,1651. Print.
——. *Magia Admica*. London, 1651. Print.
——. *The Fame and Confession of the Fraternity of R: C*. London, 1651. Print.
——. *The Marrow of Alchemy*. London, 1654. Print.
——. *Euphrates, or the Water of the East*. London, 1655. Print.
——. *The Works of Thomas Vaughan*. Ed. Arthur Edward Waite, 1919. Print.
Webster, John. *Monuments of Honor Derived from Remarkable Antiquity, and Celebrated in the Honorable City of London*. London, 1624. Print.
Wither, George. *A Collection of Emblems*. London, 1635. Print.

二次資料

Calhoun, Thomas O. *Henry Vaughan, the Achievement of Silex Scintillans*. New Jersey: Associated UP, 1981. Print.

Davies, Steive. *Henry Vaughan*. Brudgend: Poetry Wales P, 1995. Print.

Dickson, D, R. *The Fountain of Living Waters: The Typology of the Waters of Life in Herbert, Vaughan, and Traherne*. Colombia: U of Missouri P, 1987. Print.

Durr, R. A. *On the Mystical Poetry of Henry Vaughan*. Cambridge, Mass: Harvard UP, 1962. Print.

Fowler, Alaster. *The New Oxford Book of Seventeenth Century Verse*. Oxford: OUP, 1991.Debus, Allan. G. *The English Paracelsians*. New York: Flanklin Watts, 1966. Print.

Friedenreich, Kenneth. *Henry Vaughan*. Boston: Twaine, 1978. Print.

French, Peter, J. *John Dee: The World of an Elizabethan Magus*. New York: Dorset, 1989. Print.

Garner, Ross. *Henry Vaughan: Experience and the Tradition*. Chicago, U of Chicago P, 1959. Print.

Gilman, Earnest B. *Iconoclasm and Poetry in the English Reformation*. London.: U of Chicago P, 1986. Print.

Goodman, Kevis. "'Wasted Labor'? Milton's Eve, the Poet's Work, and the Challenge of Sympathy", *ELH* 64, 1997. Print.

Herric, Robert. *Works of Robert Herrick*. Vol. 1. Ed. Alfred Pollard. London: Lawrence& Bullen, 1891. Print.

Hill, Christopher. *The World Turned Upside Down: Radical Ideas during the English Revolution*. New York: Viking, 1972. Print.

Husain, Itart. *The Mystical Element in the Metaphysical Poets of the Seventeenth Century*. London, 1948. Print.

Hutchinson, F. E. *Henry Vaughan*. Oxford: Clarendon, 1947. Print.

Jacobi, J. *Paracelsus: Selected Writings*. London: Routledge & Kegan Paul, 1951. Print.

Holmes, Elizabeth. *Henry Vaughan and the Hermetic Philosophy*. Oxford: Blackwell, 1932. Print.

Itrat-Husain. *The Mystical Element in the Metaphysical Poets of the Seventeenth Century*. New York: Niblo and Tannen, 1966. Print.

Kuchar, Gary. *The Poetry of Religious Sorrow in Modern England*. Cambridge: CUP, 2008. Print.

Linden, S. J. *Darke Hierogliphicks*. Lexington: Kentucky UP, 1996. Print.

——. *Mystical Metal of Gold*. New York: AMS, 2007. Print.

——. *The Alchemy Reader: From Hermes Trismegistus to Isac Newton*. Cambridge : CUP, 2003. Print.

Lyndy, Abraham. *Marvell & Alchemy*. Aldershot: Scholar Press. 1990. Print.

Lyons, B. G. *Voices of Melancholy*. London: Routledge, 1971. Print.

Martin, L. C. 'Henry Vaughan and the Theme of Infancy.' *Seventeenth Century Studies*. Ed. John Purves. Oxford; Oxford UP, 1938. 243–55. Print.

Martz, Louis L. *The Paradise Within*. New Heaven: Yale UP, 1964. Print.

——. *The Poetry of Meditation*. London: Yale UP, 1965. Print.

Maxwell-Stuart. P. G. *The Chemical Choir*. London: Continuum , 2008. Print.

Mendelsohn, Andrew. 'Alchemy and Politics in England 1649–1665', *Past and Present* 135, 1992, 30–78. Print.

Nakamura, Fujio. *Unveilling 'Rare' Usages in the History of English*. Unpublished Ph.D thesis. Hiroshima University, 2016.

The Oxford English Dictionary. Oxford, OUP, 1996. Print.

Pettet, E. C. *Of Paradise and Light*. Cambridge: Cambridge UP, 1960. Print.

Post, Jonathan. *The Unfolding Vision*. Princeton: Princeton UP, 1982. Print.

Rattansi, P. M. 'Paracelsus and the Puritan Revolution' *Ambix* II. 1963. Print.

Roberts, Gareth. *The Mirror of Alchemy: Alchemical Ideas and Images in Manuscripts and Books from Antiquity to the Seventeenth Century*. London: The British Library, 1994. Print.

Rudrum, Alan. 'The Influence of Alchemy in the Poems of Henry Vaughan'. *Philological Quarterly*, XLIX 4, 1970. 469–480. Print.

——. 'Renaissance, Collaboration, and Silence: Henry Vaughan and Breconshire Royalism.' *The English Civil Wars in the Literary Imagination*. Ed. Claude .J. Summers. Missouri: U of Missouri P, 1999. Print.

——. 'For then the Earth shall be all Paradise' *Scintilla* 4. 2000. 39–52. Print.

——. '"These fragments I have shored against my ruins": Henry Vaughan, Alchemical Philosophy, and the Great Rebelion' *Mystical Metal of Gold*. Ed. Stanton J. Linden. Brooklyn: AMS, 2007. 325–338. Print.

Sena, John. F. 'Melancholic Madness and the Puritans', *Harvard Theological Review*, 66. 1973. 293–309. Print.

Simmonds, J. D. *Masques of God*. Pitsburgh: U of Pittsburgh, 1972. Print.
Sullivan, Garret A. *Sleep, Romance and Human Embodiment*. Cambridge: CUP, 2002. Print.
Trevor, Douglas. *The Poetics of Melancholy in Early Modern England*. Cambridge: Cambridge UP, 2004. Print.
Walters, Richard H. 'Henry Vaughan and the Alchemists', *The Review of English Studies*, Vol. 23, No. 90, 1947. 107–122. Print.
West, Phillip. *Henry Vaughan's Silex Scintillans: Scripture Uses*. Oxford: OUP, 2001. Print.
Yates, Frances. *The Rosicruician Enlightenment*. London: Routledge, 2001. Print.
Yoshinaka, Takashi. *Marvell's Ambivalence: Religion and the Politics of Imagination in Mid-Seventeenth Century England*. Cambridge: Brewer, 2011. Print.

日本語文献

ヴォーン、ヘンリー『ヘンリー・ヴォーン詩集』吉中孝志訳、広島大学出版会、二〇〇六年。

ジョンソン、ベン『錬金術師――エリザベス朝戯曲名作選』大場建治訳、南雲堂、一九七五年。

パラケルスス『奇跡の医書』大槻真一郎訳、工作舎、一九八〇年。

ポッタ、G・デッラ『自然魔術』澤井繁男訳、青土社、一九九〇年。

高柳俊一「神秘主義と十七世紀の英詩」『ルネッサンス期の神秘主義思想』ピーター・ミルワード編、荒竹出版、一九七八年。

松本舞「清教徒的メランコリーへの処方箋――ヘンリー・ヴォーンの「声」に関する考察」『英文学研究　支部統合号第Ⅱ号』日本英文学会、二〇〇九年、一二三―一三四頁。

――.「ヘンリー・ヴォーンと賢者の石」『英文学研究　支部統合号　第Ⅳ号』日本英文学会、二〇一一年、一二三―一二〇頁。

――.「神の錬金術と十字架の医学――ヘンリー・ヴォーンの『火花散る火打ち石』（*Silex Scintillans*）をめぐって」*PHOENIX*, *No. 71*、二〇一二年、三〇―四九頁。

――.「ヘンリー・ヴォーンとマグダラのマリヤ――聖人の体液の医学――」『十七世紀英文学における終わりと始まり』十七世紀英文学会編、金星堂、二〇一三年、一一五―一四一頁。

――.「初期近代英詩における錬金術（前編）」『島根大学教育学部紀要　第四七巻（人文・社会科学）』二〇一三年、八一―八八頁。

――.「初期近代英詩における錬金術（中編）」『島根大学教育学部紀要　第四八巻（人文・社会科学』二〇一四年、五五―六三頁。

吉中孝志「終末の錬金術――ヴォーンとマーヴェル――」『十七世紀英文学を歴史的に読む』十七世紀英文学会編、金星堂、二〇一五年、一八三―二一〇頁。

初出一覧

第一章　神秘主義思想と錬金術思想
「初期近代英詩における錬金術（前編）」『島根大学教育学部紀要　第四七巻（人文・社会科学）』二〇一三年、八一―八八頁。

第二章　十七世紀英文学と錬金術
「初期近代英詩における錬金術（中編）」『島根大学教育学部紀要　第四八巻（人文・社会科学）』二〇一四年、五五―六三頁。

第三章　聖書と錬金術

第二節　堕落と神秘主義思想
'Voices in Henry Vaughan's Silex Scintillans', PHOENIX, No. 68（二〇〇九年二月）, pp. 30–49.

第三節　New Light に対する批判と錬金術
「ヘンリー・ヴォーンと賢者の石」『英文学研究　支部統合号　第Ⅳ号』日本英文学会、二〇一一年、一三―二〇頁。

第四章　ヴォーンと錬金術医学

第一節　キリストと錬金術医学
「神の錬金術と十字架の医学――ヘンリー・ヴォーンの『火花散る火打ち石』(*Silex Scintillans*) をめぐって」*PHOENIX*, No. 71、二〇一二年、三〇―四九頁。

第二節　マグラダのマリヤ、泪の「技」と錬金術
「清教徒的メランコリーへの処方箋――ヘンリー・ヴォーンの「声」に関する考察」『英文学研究　支部統合号第Ⅱ号』日本英文学会、二〇〇九年、二三―三四頁。
「ヘンリー・ヴォーンとマグダラのマリヤ――聖人の体液の医学――」『十七世紀英文学における終わりと始まり』十七世紀英文学会編、金星堂、二〇一三年、一一五―一四一頁。

あとがき

どういうわけか、肖像画すらないヘンリー・ヴォーンの存在は、何をしていても、どこにいても、カウリーの言葉を借りれば、「まるで私があなたを殺してしまったかのように」、まるで亡霊のように、ずっと私を追いかけてきました。世間から逃れ、隠遁生活を続けたヴォーンですから、私が論文を書いていたり、研究発表をする時、たまに「もう、そっとしといて」と言われている気がしたこともあります。それでも、異常なほどまでに死者たちの世界に憧憬を抱くヴォーンの声は、皮肉なことに、ヴォーンが「光の国」である「死者の国へいってしまって」から、逆に、生きているものの世界へと降り、ウィリアム・ワーズワス、T・S・エリオットなどの後世の詩人たちの中で生き続け、その声を私がいま現代の人に伝える役目を担っていると思っています。

二〇一五年の春、ウェールズを訪れた際に、何のガイドブックや情報もなく、偶然、ブレコン (Brecon) 行のバスを発見し、偶然、ブレコンの町のインフォメーションセンターのガイドに「どこか自然がきれいなところはないか」と尋ねたところ、タリボン (Talybont-on-Usk) の町を紹介され、また偶然、ヴォーンのお墓にたどり着きました。それもヴォーン自身に呼ばれ、導かれたのではないかという気さえします。三月のウェールズにしてはとても珍しく晴れた日でした。イチイの木の下で眠るあなたの霊を呼び起こしてしまうのではないかと恐れるほど、あなたと対面できた喜びで私の心臓は激しく、大きく、鳴っていたことでしょう。そこでいったいどれだけの時間がたったか、あなたとの対話の時間は音もなく静かに流れていきました。

利益が数値化され、世界を相手に戦おうとする大学構想のなかで、「役にたたない」文学部が解体されようとしている昨今の日本の社会において、文学研究は、死者の声に耳を傾け、それを現代の人々の声に重ねていく役割を果たすと思います。そもそも私が文学を研究しようと試みたきっかけは、科学技術が発達する以前の人々の思考に興味があり、特に死後の世界や魂の行方、死者の復活、最後の審判の思想などの描写に心惹かれるものがありました。文学研究者は、埋もれた声を発掘し、世に発信していく、「声の伝道者」であるとも、思っています。

詩を教える喜びを始めて私に教えてくれたのは、二〇一二年に赴任した島根大学の学生たちです。そのうちの一人であった執印洋史さんは、エイブラハム・カウリーの研究で卒業論文を執筆し、彼を指導する中で、私自身、たくさんの発見がありました。また、英詩のなかで描かれた言葉が、自身の自然との出会いのなかで思い出される、という彼の言葉は私の教員生活の支えとなっています。今この私の著書を読み返してみると、執筆の時間の中で出会った学生たちの声が、たくさんちりばめられています。彼らの存在は、私にとって、かけがえのないものであり、その出会いに感謝します。

執筆の過程で、作家の間宮緑さんとの出会いがありました。静寂をつくりだすような間宮さんの文章は、ヴォーンに通じるものがあり、時には間宮さんは、ヴォーンの生まれ変わりではないかと思うことさえありました。間宮さんとのやり取りの中で、文字に向き合うことの素晴らしさを教えられました。

書籍出版にあたっては、広島大学の先生方に大変お世話になりました。歴史学の用語を井内太郎先生に、英語学的には今林修先生に、ラテン語文献の翻訳に関しては、赤井清晃先生の助言をいただきました。また、博士論文の外部審査員を引き受けてくださった、同志社大学の圓月勝博先生からは詩の解釈についてアドバイスをいただき、さらに、日本語の校正を秋吉孝雄さんに手伝っていただきました。また、書籍化に関しては、金星堂社長の福岡正人さん、担当を引き受けていただいた横山裕士さんにお世話になりました。まだまだ駆け出しの研究者である私の論文の書籍化を実現してくださり、ありがとうございました。

そして、先の見えない文学研究をずっと支え続けてくれ、この書籍出版の力添えをしてくれた父と母に、心から感謝します。

最後に、しかし最大の謝辞は恩師に。作者の声に耳を傾けること、そして文学研究の本質が慰めであるということを教えてくれたのは、広島大学文学研究科の吉中孝志先生でした。今思えば、先生とのヴォーンの読書会での発見が、私のヴォーン研究の根幹となっています。先生との文学議論は、私の魂を揺さぶり続けるものであり、心の支えでした。

私を支えてくれた大切な人々すべてに、そして、ヴォーンに、この本を捧げます。

二〇一六年　春

松本　舞

ヘンリー・ヴォーンと賢者の石

2016年5月31日　初版発行

著　者　松本　舞

発行者　福岡　正人

発行所　株式会社 金星堂

（〒101-0051）東京都千代田区神田神保町 3-21
Tel. (03)3263-3828（営業部）
(03)3263-3997（編集部）
Fax (03)3263-0716
http://www.kinsei-do.co.jp

編集協力／ほんのしろ
装丁デザイン／岡田知正
印刷所／モリモト印刷　製本所／牧製本

ISBN978-4-7647-1161-7 C3098